어느 하루
눈부시지 않은 날이
없었습니다

대중문화평론가 정덕현의 가슴에
오랫동안 남은 명대사들

정덕현 지음

어느 하루
눈부시지 않은 날이
없었습니다

늘 궁금했다. 모든 드라마를 다 보고 행간의 숨은 의미를 찾아내 세상에 내놓는 사람, 정덕현. 일면식도 없는 그가 내 드라마의 리뷰를 쓸 때마다 심장을 졸였다. 그가 책을 낸다며 원고를 보내왔다. 그도 심장이 조일까? 그랬기를. '복수할 타이밍이다' 하며 첫 장부터 내리읽었다. 근데 이 양반 참. 그는 농사꾼의 아들이었고, 이케아 침대도 잘 조립하고, 죽을 뻔도 했고, 장모님과 쩜백 고스톱도 친다. 그러면서도 전쟁하듯 드라마를 본다. 어느 하루 눈부시지 않은 날이 없다. 노잼. 존잼. 단 두 단어면 드라마가 평론되는 이때, 그의 글에 빚지지 않은 작가가 없다. 요즘 넷플 뭐 봄? 궁금하다면 냉큼 이 책을 집어들길. 아무 페이지나 펼쳐도 쇼츠처럼 재밌다. 이 정성스러운 이야기꾼이 설마 드라마에 도전하진 않겠지? 내 밥그릇 걱정을 하다 쫄지 않은 척 글을 마친다.

김은숙 작가 「도깨비」「미스터 션샤인」「더 글로리」

하나의 드라마 속 수많은 장면과 대사들을 부드럽고 섬세한 망에 거르고 걸러 몇 개의 씨앗을 건져내고, 그것을 작가의 마음밭에 심어 소중히 길러낸 아름다운 꽃과 향기로운 열매들. 이 책의 글을 즐기다 보면, 일상 속에서 마주치는 작고 빛나는 순간들이 결국 인생의 전부라는 걸 깨닫게 된다.

박지은 작가 「별에서 온 그대」「사랑의 불시착」「눈물의 여왕」

눈으로는 글을 읽지만 마음은 고요히 정지해 있습니다. 차창 밖 풍경을 볼 때처럼. 어딘가에 탁 안착한 느낌이 참 좋습니다.

박해영 작가 「나의 아저씨」「나의 해방일지」

드라마 작가라고 하면 주변에서 제일 많이 듣는 말이 "내 얘기 써 봐. 진짜 드라마 12편은 나올 거야"였다. 그럴 때마다 뒤돌아 '당신의 삶은 드라마틱하지 않다'라고 얘기했다. 하지만 필모에 드라마가 몇 편 쌓이고 나니 그 지루했던 말들을 이제야 알 것 같다. "그래요. 당신의 이야기가 가장 완벽한 드라마입니다." 이 책은 당신의 삶을, 당신의 드라마를 더욱 반짝이게 할 것이다.

이남규 작가 「눈이 부시게」 「정신병동에도 아침이 와요」

삶의 희노애락을 담은 드라마는 꽤 있다. 하지만 드라마를 뭉근하게 담은 삶을 살아내는 이야기는 처음이다. 그것도 아주 소박하게 따스하게. 세상을 향한 그만의 섬세한 필력이 감탄을 자아낸다.

이우정 작가 「응답하라 1988」 「슬기로운 의사생활」

아껴 먹고 싶었는데……. 앉은 자리에서 다 까먹어버
린 그놈의 금박 초콜릿 같은 책. 아껴 보고 싶었는데 앉은
자리에서 다 읽어버렸다. 다행히 뱃살 대신 뱃심이 붙었
다. 마음이 달아졌다.

임상춘 작가 「쌈, 마이웨이」「동백꽃 필 무렵」

늘 우리 곁에 있었지만
별거 아닌 것처럼

"난 뒷것이야. 너희들은 앞것이고."

　'아침이슬'을 쓰고 부른 김민기가 했다는 그 말에 아침
부터 울컥했다. 드라마에 영화, 예능, 다큐멘터리까지 하
도 많이 봐서 웬만한 것으로는 큰 감흥을 느끼지 않을 정
도로 단련되어 있다고 자부했는데 다큐멘터리 한 편이
그 자부의 단단함을 뚫어버렸다. 제목부터 어딘가 심상
찮았다. 「학전 그리고 뒷것 김민기」. 오래도록 대학로를
지켜오며 무수한 예술인들의 '텃밭'이 되어 줬던 학전(學
田)과 그걸 일궈온 김민기에 대한 다큐멘터리였는데, '뒷

것'이라니. 스스로를 '뒤'라고 한 것도 그렇지만 '것'이라
고 낮추기까지 한 그 표현이 마음을 건드렸다.

  그건 「지하철 1호선」 같은 뮤지컬에서 실제로 노래를
만들고 가사와 대사를 쓰고 연기 지도를 하며 작품을 총
괄하는 등 뒤에서 하는 일을 해왔다는 의미이기도 했지
만, 그렇게 자신이 노력한 무대에 마치 모를 심듯 아낌없
이 무수한 배우들을 세워 그들이 앞으로 나갈 길을 뒤에
서 묵묵히 열어 왔다는 의미이기도 했다. 다큐멘터리에
서 김민기는 자신이 가수라는 걸 애써 부인하며 자기 자
리는 앞이 아니라 뒤고 그것이 자기에게 어울리는 일이
라고 담담히 말했다. 모두가 앞에 나서고 싶어 하는 시대
가 아닌가. 목청 높여 자신을 알리기 위해 안간힘을 쓰는
와중에, 조용히 뒤편에서 누군가를 지지하는 역할을 자
임해 온 삶. 그런 삶에 눈물이 났다. 나같이 평범한 사람
은 도저히 선택할 수 없는 위대한 삶이었다.

  '뒷것'이라는 표현에 특히 마음이 울컥했던 건, 김민기
가 꺼내놓은 그 말로 인해 비로소 세상의 뒤편에 숨겨져
있던 너무나 많은 위대한 존재들이 있었다는 걸 새삼 깨

닫게 되어서였다. 상쾌한 아침 출근길의 이면에 숨겨진 새벽의 청소부들, 아침의 뉴스를 집집마다 전해주는 신문 배달원들, 도로에 웃자란 풀들을 깎아주는 공공 근로자들, 누군가의 마음을 담은 편지나 선물을 전해주는 택배 기사들……. 세상엔 앞에 가려져 보이지 않지만 그 앞을 지탱하는, 뒤에 존재하는 많은 분들이 있다는 게 새삼 실감됐다.

그러고 보면 이렇게 앞으로 나서 있는 나를 지탱한 뒤 역시 너무나 많았다. 세상의 모든 부모들이 그렇지만 나의 부모님도 나를 앞세우고 스스로 뒤를 자처하셨다. 당연하게 성장해 지금처럼 살고 있는 것 같지만, 그 뒤에는 드러나지 않는 햇살이 있었다. 아내와 장인어른, 장모님, 동서와 처제들, 친구, 동료, 이웃들 혹은 우연히 만난 사람들까지 햇살 아닌 인연들이 없었다. 어느 날 갑자기 우리 집에 들어와 8년간 함께 지내다 먼저 떠난 강아지도, 글이 써지지 않아 매일 같이 걸었던 창릉천도, 일에 지쳐 피곤한 몸을 눅진하게 해줬던 찜질방과 목욕탕도, 현실의 불을 잠깐 끄고 상상의 세계로 들어가게 해줬던 영화

와 연극, 뮤지컬 모두 나를 지탱한 뒷것들이었다.

그리고 드라마가 있었다. 어쩌다 우연한 계기로 청탁을 받았고 그래서 보고 쓰게 된 일이 일생의 업이 되게 해준 드라마. 생각해 보면 하루하루 샐러리맨처럼 드라마를 보고 글을 썼다. 어디 가서 드라마 보는 게 일이라고 하면 모두가 "너무 좋겠다"고 말하곤 하지만, 하루에도 몇 편씩 쏟아져 나오는 드라마들을 챙겨 보고 글을 쓰는 건 때론 고역이었다. 하지만 글을 쓰는 것보다 더 힘들었던 건 "드라마 보고 뭔 글을 써?"라고 묻던 시절의, 드라마를 보는 낮은 시선이었다. 그저 아침의 수다거리 정도로 치부되던 드라마와 그걸 묵묵히 만들어내는 사람들이 제대로 평가받지 못하고 저 뒤편에 서 있었다.

물론 지금 드라마의 위치는 그때와 너무나 달라졌다. 「오징어 게임」이 전 세계적인 열광을 만들어냈고 「더 글로리」에 전 세계의 호평이 쏟아졌으며 「사랑의 불시착」에 세계인들이 가슴을 설렜다. 하지만 그렇다고 드라마가 저 뒤에서 앞으로 나왔다고 생각하지는 않는다. 일상에 맞닿아 있는 드라마는 무대 위에 서는 앞보다는 어딘가 우리와 늘 함께하는 곁이 더 어울린다. 뒷것도 앞것도 아닌 '곁것'이랄까.

이 책을 쓰면서 무수히 창릉천을 걸었다. 처음에는 글이 안 써져서 걸었고 걸으며 글감을 떠올린다는 핑계로 걷다가 어느 순간에는 그저 걷는 게 좋아서 걷고 있는 나 자신을 발견했다. 흔히들 산책하며 사색을 한다고 하지만 나는 걸으면 생각을 하지 않게 됐다. 그렇게 한 시간 정도 머리를 비우고 돌아오면 비워진 만큼 채워지는 우물처럼 이런저런 생각들이 떠올랐다. 그렇게 어쩌다 책 한 권을 쓰게 된 후 비로소 내 곁에 창릉천이 있었다는 걸 알게 됐다. 그저 거기 있고 변함없이 흘러줘서 그 천변을 따라 걸을 수 있었고 그래서 쓸 수 있었다. 이 책은 그래서 일상에서 내가 무수히 마주한 창릉천 같은 존재들에 대한 감사나 다름없다.

'어느 하루 눈부시지 않은 날이 없었습니다'

드라마 「눈이 부시게」에 나온 이 대사처럼 어느 날 돌아보면 문득 깨닫게 되는 삶의 눈부심이 있다. 늘 우리 곁

에 있었지만 별거 아닌 것처럼 지나쳐 저 뒤편에 놓아두
었던 눈부신 것들이 있었다. 세상에는 사실 곁에 있지만
그 존재가 드러나지 않아 뒤에 서게 되는 것들이 참 많다.
그것들이 뒷것이 되는 건 누군가 그걸 바라봐 주고 곁을
내주지 않아서가 아닐까. 솔직히 말하면 나는 김민기처
럼 기꺼이 뒷것으로 살아갈 용기는 없다. 그건 조용하게
세상을 바꾸는 위대한 분들의 삶이다. 대신 앞도 뒤도 아
닌 곁이 되고 싶다. 세상에 주목받지 못하는 것들의 가치
를 알아주고 그걸 누군가와 함께 느끼는 곁에 있는 사람
이 되고 싶다. 이 책이 그랬으면 좋겠다. 지친 하루에 잠
시 숨 쉴 곁을 내주는.

정덕현

차례

Part 1.
그저 당신이면 족합니다

Part 2.
너는 봄날의 햇살 같아

Part 3.
적어도 행복하게 불행할 수 있기를

Part 4.
하고 싶은 일도 하면서 살아요

Part 5.
농사짓는 마음으로

Part 1.
—
그저 당신이면 족합니다

"너도 울 엄마처럼 바보냐?

뒤돌아. 나중에도 사는 게 답답하면 뒤를 봐 뒤를.

이렇게 등만 돌리면 다른 세상이 있잖아.

그저 바다만……. 바보처럼.

아, 우리 엄마 얘기야.

아버지 배 타다 죽고 동희 누나 물질하다 죽고

엄만 매일 바다만 봤어.

바로 등만 돌리면 내가 있고 한라산이 저렇게 떡하니 있는데,

이렇게 등만 돌리면 아부지, 동희 누나

죽은 바다 안 볼 수 있는데,

매일 바다를 미워하면서도 바다만."

「우리들의 블루스」

등만 돌리면 다른 세상이 있어

지나치게 골몰하고 집착할 때

그런 날이 있다. 써야 할 원고가 쌓여 있는데, 이상하게도 글 한 줄 쓰기가 쉽지 않은 그런 날. 스케줄 표에 빼곡히 채워져 있는 일거리들을 보니 막막했다. 토요일. 다들 쉬거나 놀고 있을 주말에 이게 뭐람. 모니터에 쓰다 만 원고들이 빚쟁이처럼 나를 독촉의 눈빛으로 깜박이며 노려보고 있었다. 뭔가 하나에 골몰하면 다른 걸 못하는 집착 쩌는 나는 그렇게 멍하니 모니터 커서의 깜박임만 바라본다. 글은 써지지 않지만, 그렇다고 다른 걸 할 수도 없는 나. 꼭 바위 틈에 있는 먹이를 주먹으로 꼭 쥐고 있는 원숭이 같다. 그 먹이를 놔야 손을 뺄 수 있는데, 그걸 못 놔서 이도 저도 못하고 있는.

"바람이라도 쐬고 와." 30분째 끙끙대는 내가 답답했던지 아내가 말한다. 마치 악몽의 늪으로 빠져들어가다가 누군가 깨워 그게 꿈이었다는 걸 알게 된 사람처럼 모니터에서 겨우 눈을 뗀 나는 대충 옷을 챙겨 입고 집을 나선다. 창릉천을 걷기로 한다. 손이 다 얼얼할 정도로 꼭 쥐고 있던 먹이를 바위 틈에 잠시 놔두기로 한다. 아내는 어떻게 내 상태를 이리도 잘 아는 걸까.

다른 이들은 어떤지 몰라도 나는 글을 쓰는 일이 광부의 땅 파기에 가깝다고 생각한다. 저 밑에 무언가 보석 같은 게 분명 있는데, 그게 무엇인지 몰라 궁금해하고 그래서 이곳저곳 땅을 파보는 것. 깊이 파고 들어가 겨우 그 정체를 만났을 때의 희열도 있지만, 끝내 엉뚱한 곳을 파고 말았을 때의 허탈함도 적지 않다. 때론 자신이 파고 들어간 그 엉뚱한 굴에서 멍해지는 그런 순간을 맞이하기도 한다. 자신은 깊숙이 그 속에 들어가 있어 느끼지 못하지만, 굴 바깥에서 내려다보면 이상하게도 보일 게다. '여보오오오- 바람이라도 쐬고 와아아아-'

"바람이라도 쐬러 갔다 오자." 가끔 시골에 계신 부모님에게 가까운 곳에라도 여행을 가자고 말하곤 한다. 아버지 때문이다. 일에 너무 골몰하는 아버지의 성격이 가끔 지나치게 느껴실 때가 많아서다. 내 굴 파는 성격이 아버지를 닮아서, 아내가 내게 하는 역할을 나도 해보려는 것일 게다. 하지만 그렇게 여행 가자고 할 때마다 아버지는 손사래를 치신다. "지금 그럴 여유가 없다, 얘야."

"고까짓 것 못 잊을까 봐–" 그럴 때마다 나는 조용필의 '미워 미워 미워'가 들리는 듯하다. 내가 어렸을 때였는데, 아버지는 그 노래를 입에 달고 사셨다. 내게 이야기하진 않으셨지만 꽤 힘겨운 일을 겪으셨고, 그 충격이 컸던 모양이었다. 어느 겨울날, 눈이 무릎까지 쌓인 길을 뚫고 설악산 백담사까지 올라갔다 오면서 아버지가 계속 이 노래를 흥얼거렸다고 어머니께서 말씀하셨다. 아버지는 "고까짓 것 못 잊을까 봐–"를 그토록 외쳤지만, 오히려 그건 거꾸로 들렸다. 절대로 잊지 못할 것 같다는.

농군의 아들로 태어났지만 장사로 자수성가하신 아버지는 꼼꼼한 성격이셨다. 아버지의 머리맡에는 항상 달력 뒷면에 빼곡히 써진 '숫자들'이 있었다. 맨손으로 일을 벌이다 보니 은행 빚이 적지 않았던 아버지에겐 매달 나가야 할 돈이 있었고 그걸 채우기 위해 애쓰셨다. 장사를 농사짓듯 하셨다. 콩 심은 데 콩 나고 팥 심은 데 팥 난다는 식으로, 자신이 노력하고 고민하는 만큼 돌아온다고 믿고 계셨다. 그래서 은행들은 아버지를 신뢰했다. 수십 년을 단 한 번도 갚아야 할 원금이나 이자를 틀린 적 없으니까. "이 동네에서는 신용을 잃으면 끝이야." 아버지는 입버릇처럼 말씀하셨다.

"골치 아픈데 무슨 여행이야." 그렇게 거절부터 하시는 부모님을 억지로 모시고 베트남 여행을 간 적 있다. 막상 바깥에 나오니 너무나 좋으셨던 모양이다. 적도 근처 낯선 타국의 고적한 리조트에서 아버지는 새벽부터 일어나 천천히 떠오르는 해를 보고, 밤늦게 테라스에 놓여 있는 소파 베드에 누워 하늘 가득 채워진 별을 하염없이 바라보셨다. "잠이 자꾸 없어져서 그래." 그렇게 말씀하셨지만, 농사짓듯 글을 쓰며 굴 속 깊숙이 파고 들어가 멍하니 골몰하곤 했던 나는 그 기분이 어떨지 짐작하고도 남았다. 슬쩍 고개만 돌리면 다른 세상이라는 걸 기분 좋은 낯설음으로 느끼시지 않았을까.

"회사 동료 중에 취업도 안 되고 꿈도 없어서 고민이었다는 친구가 있어." 창릉천을 슬슬 돌고 들어오자 아내가 커피 한잔을 내놓으며 뜬금없이 친구 이야기를 꺼낸다. 하는 일마다 다 안되는 것 같고, 난 왜 남들처럼 꿈도 없나 싶어 매일매일 거기에 골몰했고, 그래서 매일매일이 힘들었는데 어느 날 무작정 등산을 갔다고 한다. 그런데 산꼭대기에 올라 바람을 맞으면서 하늘을 보고 있었는데 이런 기분이 들더란다. '그냥 아무것도 안 되어도 좋구나. 산에만 올라와도 좋구나.' 아마도 또 골몰하고 있는 내 마음을 편하게 해주려는 이야기였겠지만, 그 이야기에 커피가 달았다.

「우리들의 블루스」에서 우울증으로 자신의 심연 속으로만 파고 들어가는 선아에게 동석은 '나중'은 없다며 "등만 돌리면 다른 세상이 있다"라고 말한다. '나중에.' 굴을 파고 들어가는 이들이 자주 쓰는 말이다. 하지만 나중으로 자꾸 미루다 보면 거기에만 머물러 그 어떤 새로운 일도 벌어지지 않게 된다. 그러니 누군가 열심히 굴을 파고 있는 이가 있다면, 커피라도 한잔 내주며 잠시 등 돌리게 해주는 것도 좋을 게다.

"왜 연모하면 후궁이 되어야 돼요?

전 그렇게 살고 싶지 않은데…….

후궁이 돼서 무슨 좋은 꼴을 본다고.

새로운 여인들이 날마다 줄줄이 굴비처럼 들어올 걸요?

모두가 내로라하는 사대부가의 여식일 거고,

젊고 어여쁠 거고,

그 꼴을 보면서도 입도 뻥긋 못하고 참고 살아야 되는데

그게 후궁 팔자인데 왜 그렇게 살아야 돼요?

저하가 소중해요. 하지만 전 제 자신이 제일 소중해요.

그러니까 절대로,

제 자신을 고통 속에 몰아넣지 않을 거예요.

제대로 가질 수 없는 거면,

차라리 아무것도 갖지 않는 게 나으니까."

「옷소매 붉은 끝동」

가장 소중한 건 자신이에요

자신의 진짜 매력을 드러내고플 때

오디션의 끝장, 삼각형의 꼭짓점에 선 면접까지 겨우겨우 올랐다가 뚝 떨어진 경험이 있다. 광고 회사였는데 최종인 회장 면접에서였다. 회장이라는 위압감에 눌려 뭐라 떠들고 나왔는지 기억나지도 않는다. 하여튼 광고 카피라이터라는 직종에 대한 막연한 꿈은 그 회장이 엄지를 아래로 내리는 것으로 끝났다. 그 과정이 너무 힘들어서 광고라는 이름만 들어도 신물이 날 지경이었다. 30년이 넘게 지난 지금, 되돌아보면 그때 그 길로 들어서지 않은 게 나한테는 오히려 약이었다. 그래서 너무나 고맙다.

그 회장이 엄지를 꺾어 내린 그 결정이.

살면서 참 많은 면접 자리를 갔고 참 많은 면접에서 떨어졌지만, 지금 생각해 보면 왜 그렇게 "잘할 수 있습니다", "뭐든 할 수 있습니다"라고 외쳤고 그 회사에 들어가지 않으면 마치 죽는 것처럼 안달복달했는지 모르겠다. 사실 회사 입장에서 보면 그렇게 안달복달하는 지원자의 매력은 떨어지기 마련이다. 그 회사에 예의를 차리는 건 좋지만, 너무 집착하는 모습이 좋게 보일 리 없다. 차라리 면접관 입장에서는 면접까지 왔지만 그 회사에 지나치게 목매지 않는 듯한 지원자에게 더 관심이 가기 마련이다. 여기 말고도 회사는 많고 그런 회사들에 자신은 충분히 들어갈 수 있다는 듯한 여유(혹은 허세) 같은 것이 느껴지기 때문이다.

실제로 이런 경험을 엉뚱한 상황에서 겪어본 일이 있다. 신혼 시절, 생계를 위해 작은 IT 회사에 기획실장이라는 얼토당토않은 직함으로 들어갔던 때의 일이다. 그 회사가 가진 '솔루션'을 소개하는 PPT 자료를 만드는 일을 했는데, 때때로 대표와 함께 투자 유치를 위한 미팅에 나가는 경우도 있었다. 대표의 프레젠테이션이 끝나고 차를 마시며 이런저런 사업 관련 이야기를 나누는데, 투자사 측에서 우리 회사 대표에게 대놓고 스카우트 제의를 했다. "그냥 우리 회사 들어와서 일하는 게 어때요?"

물론 대표는 웃으며 제안을 정중하게 거절했지만, 나는 좀 신기했다. 그 투자사는 국내에서도 알아주는 대기업이고 그래서 입사하는 것조차 바늘구멍에 낙타가 통과하는 것만큼 어렵다고 알려져 있는데, 뭐 이리 쉽게 입사 제안이 들어오는가 싶었다. 곱씹어보니, 그건 대표의 '무심함'에 있었다. 대표는 자신이 가진 솔루션에 대해 그 누구보다 자신감을 갖고 그들을 설득했고, 또 그 투자사가 어떤 일들을 해왔으며 현재 어떤 고민이 있는지도 사전조사를 통해 이미 알고 있었다. 하지만 투자를 목적으로 왔기 때문에 그 회사에 입사하는 일 같은 건 꿈에도 생각하지 않고 있었다. 실력은 있는데 자신들에게 무심하다는 것. 대표가 매력적으로 보인 이유가 거기에 있었다. 매력은 그저 흐름 속에 이끌리기보다는 자신을 끝까지 지킴으로써 주도권을 놓치지 않는 지점에서 생긴다는 걸 그때 깨달았다.

이산 정조와 의빈 성씨 성덕임의 실제 사랑 이야기를

다룬 「옷소매 붉은 끝동」을 보면서 나는 이때 경험했던 '주도권의 매력'을 떠올렸다. 실제 역사에서도 성덕임에 대한 정조의 사랑은 그 누구보다 깊었다고 한다. 드라마에도 나왔던 것이지만, 왕의 구애를 무려 세 번이나 거절했던 성덕임이었다. 성덕임은 알고 있었다. 자신이 후궁이 되는 순간, 후세를 잉태하는 존재 그 이상의 자신은 사라질 것이라는 걸. 그래서 '저하가 소중'하지만 그보다 '제 자신이 제일 소중'하다며 선을 긋는 성덕임이어서 어쩌면 이산은 더 그에게 매력을 느끼지 않았을까. '천상천하 유아독존'으로 뭐든 손만 뻗으면 취할 수 있는 위치에 서 있던 왕이다. 하지만 결코 저 자신을 가장 소중하게 여기는 마음까지는 취할 수 없다는 걸 알게 되면서 그는 얼마나 애가 닳았을까.

그러니 일이든 사랑이든 누군가의 마음을 얻으려면 매력을 어필하려 노력할 게 아니다. 그보다는 그저 자신이 가장 소중한 존재라는 걸 드러내는 태도가 그 사람의 매력을 드러낸다. 선택하거나 포기하거나, 어떤 것이라도 그 선택의 주도권이 늘 자신에게 있다는 걸 잊지 않는 것. 그것이 상대방의 마음을 잡아끄는 비결이다.

제대로 가질 수 없는 거면,
차라리 아무것도 갖지 않는 게 나으니까.

"지안. 편안함에 이르렀는가?"

「나의 아저씨」

힘들면 내려놔도 돼

너무 힘들어 도저히 못 버틸 것 같을 때

"장인어른, 똥 먹어요 똥!" 마침 똥광 패가 나오자 동서들이 외쳤다. 돌아가면 장모님이 나게 되어 있는 판. 모두의 눈길이 장인어른이 던지는 패에 쏠렸다. 장인어른이 던지는 회심의 일타. 찰진 짝 소리와 함께 바닥에 놓인 똥패 위에 엎어지는 패는 똥피다. 장인어른이 허허 웃으며 똥광을 붙여 3점, 거기에 쌍피인 똥피까지 붙여 4점 그리고 양측을 보며 장모님은 광박, 나는 피박이라고 먼저 점수를 계산한다. 낭패다. 이번 판도 솔찮이 나가겠구나 싶어 장모님 얼굴을 올려다보는데, 이게 어쩐 일인지 그 얼굴에 미소가 피어 있다. 뭐지?

그 미소의 의미는 장인어른이 바닥에 놓인 패를 뒤집는 순간 드러났다. 또 등장한 똥피. "어이쿠 장인어른 똥 쌌다!" 흥분한 동서들의 목소리가 들려왔다. 순간 판세가 완전히 뒤집어졌다. 장인어른의 낭패한 얼굴에 이어, 기다렸다는 듯이 장인어른이 싼 똥패들을 단번에 먹어버린 장모님의 득의의 표정. 나야 어느 쪽이든 피박이니 마찬가지지만 순간의 선택들에 의해 바뀌는 드라마틱한 승패에 모두가 환호성을 질렀다.

명절이면 으레 모여 한 판 벌어지는 고스톱. 장인어른과 장모님 그리고 나와 동서들은 '점 100 고스톱'을 치곤 했다. 백원짜리를 어디서 바꿔 놓으셨는지 잔뜩 챙겨와 천원짜리 지폐와 바꿔주고, 던지기만 하면 짝짝 붙는 고스톱 전용(?) 담요를 깔아놓고 벌이는 판. 이기는 쪽은 늘 장모님이었다. 고스톱이 젬병인 나는 잃는 게 일이었다. 그런 내가 안쓰러워 보였던지 장모님은 내 패를 봐주며 살아야 할지 죽어야 할지를 말씀해주시곤 했다. "광 팔고 죽어."

나이가 들어서일까. 사십 대까지만 해도 명절이면 으

레 벌어지던 고스톱판이 오십 대를 넘어서면서 잘 벌어지지 않았다. 체력적으로도 버거운 게 사실이었고, 저녁상에 반주 한잔을 하고 나면 졸릴 정도로 피로한 나이였다. 회사 일에 한창 몸도 마음도 바쁜 첫째 동서는 픽 쓰러져 잠들곤 했는데 그러면 장모님은 깨우지 말라며 쉬쉬하곤 했다.

대학 졸업 후 바로 회사에 들어가 지금껏 다니고 있는 첫째 동서는 몇 차례 수술을 받았다. 젊어서는 짱짱했지만 나이는 어쩔 수 없다고 40줄을 넘기면서 몸 여기저기 무너지는 소리가 들린다고 했다. 하지만 어디 그게 나이 탓만일까. 같이 술을 마시다 보면 회사 생활이 만만찮다는 걸 느낄 수 있었다. 나야 프리랜서 생활로 누구와 부딪칠 일이 별로 없지만, 회사에서 차장, 부장 직급 정도에 오르면 일보다 더 부대끼는 게 사람이라고 했다. 다니네 마네 하는 이야기를 자주 했지만 첫째 동서는 여전히 잘 버텨내고 있다.

그래서였을까. 코로나19가 한창이던 시절, 양성 판정이 나와 집에서 격리하게 되었다며 "뭐 볼만한 드라마 없어요?"라고 묻는 첫째 동서에게 「나의 아저씨」를 권해줬다. 그 드라마에 나오는 중년의 아저씨들이 꼭 첫째 동서를 닮은 것 같아서였다. 드라마에는 관심도 없고 또 볼 시간도 없다던 첫째 동서에게서 전화가 왔다. "형, 이 드라마 뭐야? 매일 울면서 보고 있잖아."

"인생도 어떻게 보면 외력과 내력의 싸움이고 무슨 일이 있어도 내력이 있으면 버티는 거야." 「나의 아저씨」에서 중년의 남자 주인공은 오래된 건물의 안전을 진단하는 일에 빗대 인생을 이야기한다. 제아무리 세월이 흘러 비바람에 건물이 흔들려도 그 안에 외력을 버텨낼 수 있는 단단한 내력이 있다면 건물이 무너지지 않는 것처럼, 우리의 삶도 그렇다는 것이다. 이른바 '존버' 하는 것.

하지만 더 지나고 보니 끝내 버텨낼 수 없는 것들도 있다는 걸 알게 됐다. 나이도 그렇고 사회생활도 그렇다. 인생에는 어떤 전환기라는 게 있어서 끝까지 외력을 버텨내려 내력을 쓰다가는 소진되어 다음 기회를 잡을 기력 또한 잃게 되는 경우도 있다. 그러니 더 이상 힘들어 버티지 못할 때는 내려놓는 게 더 현명한 방법이다.

편안함에 이르고자 하는 건 자연의 섭리가 아닐까. 애써 모래성을 세우려 하는 건 우리의 욕망이지만, 모래성이 무너져 '편안한 상태'가 되려는 건 섭리다. 물론 이건 포기하라는 이야기가 아니다. 삶의 변화할 수 없는 어떤 흐름들에는 거스르지 말라는 거다. 거스르면 거스를수록 파도는 삶을 더욱 흔들리게 만들 테니.

서핑을 하는 이들이 모든 파도에 올라타는 건 아니다. 그들은 보드에 오르기 전 파도를 살핀다. 이 파도는 괜찮을까, 저 파도는 괜찮을까 살피다 이거다 싶을 때 올라간다. 물론 잘못된 선택과 타이밍에 넘어지기도 하지만, 하면 할수록 어떤 파도가 내게 맞는지를 잘 알게 되고 그래서 덜 넘어지게 된다. 외력에 버티는 내력도 중요하지만, 자연스러운 흐름을 찾아내는 건 더 중요할 수 있다.

"난 죽을 땐 죽어." 장모님은 고스톱의 비법이 거기에 있다고 말씀하셨다. 살 때와 죽을 때를 안다는 것. 그건 아마도 오래도록 고스톱을 쳐 온 구력에서 나오는 바이브일 게다. 죽는다고 표현하지만 고스톱에서의 '죽음'은 다른 판에서 살기 위한 선택이다. 끝이 아니라는 것. 이번 판이 지나면 다음 판이 또 있다는 것이다. 고스톱 고수가 툭 던

진 한마디지만, 나는 이것이 때론 버텨내기 힘든 상황에
몰린 삶에 건네는 결코 작지 않은 지혜라고 생각한다.

"아직도 날 모르겠소? 내 마음을……. 그리도 모릅니까?

난 그저 부인으로 족합니다.

가난한 길채, 돈 많은 길채, 발칙한 길채, 유순한 길채,

날 사랑하지 않는 길채, 날 사랑하는 길채,

그 무엇이든 난 길채면 돼."

"좋아요. 허면……. 오랑캐에게 욕을 당한 길채는?"

"안아줘야지. 괴로웠을 테니."

「연인」

그저 당신이면 족합니다

상처 입은 자신에게 말을 건넬 때

어려서 갖고 놀던 울트라맨은 왼쪽 팔이 없었다. 길바닥
에서 우연히 버려진 걸 찾았을 때부터 그랬다. 아마도 누
군가 버렸을 것이었다. 한쪽 팔이 부러졌으니. 그런데 이
상하게도 그 한쪽 팔이 없는 울트라맨이 어린 내 마음을
잡아끌었다. 양팔이 다 있는 울트라맨보다 더 특별해 보
였다. 집으로 가져와 흙을 털어내고 비누로 깨끗이 씻어
서 책상 위에 올려놓았다. 그리고 멋대로 상상의 나래를
펼쳤다. '너는 무슨 사연으로 팔 하나를 잃은 거니?'

집에 혼자 있을 때, 나는 자주 '마징가 제트 놀이'를 하

곤 했다. 실제 마징가 제트 장난감은 없었다. 그래서 때론 필통이, 때론 지우개가, 때론 연필이 마징가 제트가 되곤 했다. 매일 적으로 등장하는 로봇이 있었는데, 그것 역시 실제 로봇은 아니었다. 탁상시계나 베개, 각도기 같은 것들이 적이 되어 공격해 들어왔고, 그러면 소파 옆 어두운 공간을 기지로 쓰고 있던 마징가 제트가 출동해 일거에 적들을 소탕하곤 했다. 그 단순한 권선징악의 서사가 내 머릿속에 들어와 놀이로 변환된 건 아무래도 당시 큰 인기를 끌었던 존 웨인 주연의 서부극이 만든 영향이었던 것 같다. 하여간 나는 그 놀이를 하며 시간 가는 줄 모르고 놀았다.

이 놀이의 주인공은 이제 울트라맨으로 바뀌었다. 팔 한 짝을 잃어버린 울트라맨은 바로 그렇기 때문에 더 멋있었다. 팔 하나만 갖고도 그 무시무시한 적들을 다 해치웠으니 말이다. 게다가 분명 이 울트라맨에게는 과거의 서사가 있었다. 아마도 그건 어두운 과거였을 테다. 누군가에게 홀대받으며 팔 하나를 잃었을 테고 그래서 버려졌을 거였다. 화도 났을 테고 원망도 했을 것이며 자신의 초라함에 고개를 숙이기도 했을 거였다. 하지만 그 어두운 과거를 딛고 울트라맨은 다시 날아올랐다. 다 덤벼. 난 한 팔이라도 너희들을 다 이길 수 있어.

그저 놀이의 주인공 정도로 생각했었지만 나는 꽤 그 외팔이 울트라맨을 소중하게 여겼던 것 같다. 몇 번의 이사를 하다 결국 잃어버렸을 때 그 빈 자리가 꽤 컸기 때문이다. 부재가 존재를 드러낸다고 했던가. 그 후로도 그 울트라맨의 잔상은 마치 내 어린 시절의 한 부분이 잘려져 나간 것 같은 환상통을 동반했다. 혼자 있던 날들을 늘 함께 해줬던 넌 지금 어디 있는 거니.

지금 돌이켜보면 그때 나는 꽤 울트라맨을 나로 동일시했던 것 같다. 지금은 이렇게 혼자 남아서 그 누구도 주목하지 않지만 언젠가는 세상이 나를 알아볼 거라고 호기롭게 상상했던 것 같다. 살다 보니 팔 하나가 없어진 것 같은 좌절을 맛보기도 하고, 심지어 그래서 버려지기도 하는 그런 어두운 날들도 만나게 된다. 그래서 한없이 초라하게 느껴지고 심지어 그런 자신이 미워지기도 한다. 하지만 그 어두운 터널을 벗어나 자신을 괴롭히던 적들을 모두 물리칠 수 있는 시간이 올 거라 자신을 토닥이는 것

이야말로 버텨낼 수 있는 힘이 아닐까. 비록 팔 하나가 없어서 버려지기도 한 처지지만, 언젠가는 반드시.

병자호란을 배경으로 한 사극 「연인」을 보다가 문득 난데없이 그 울트라맨이 떠올랐다. 청나라까지 끌려가 갖은 고초를 겪으면서도 끈질기게 살아 돌아왔지만, '환향녀'라는 주홍글씨로 배척받았던 길채에게 장현이 자신의 변함없는 사랑을 고백하는 대목에서였다. "아직도 날 모르겠소? 내 마음을……. 그리도 모릅니까? 난 그저 부인으로 족합니다. 가난한 길채, 돈 많은 길채, 발칙한 길채, 유순한 길채, 날 사랑하지 않는 길채, 날 사랑하는 길채, 그 무엇이든 난 길채면 돼."

뭉클한 그 대사가 내게는 이렇게도 들렸다. "난 그저 나로 족합니다. 가난한 나, 돈 많은 나, 발칙한 나, 유순한 나, 날 사랑하지 않는 나, 날 사랑하는 나. 그 무엇이든 난 나면 돼." 만일 마음이 고초를 겪는 일을 당한다면 왜 그런 일을 당하게 됐냐고 스스로를 자책하기보다 그런 나를 안아주면 된다. 많이 괴로웠을 테니.

"아우 얘, 맨발로 괜찮니?

왜 하필 니트를 입었어?

젖으면 무거울 텐데.

물이 너무 차다. 그치. 춥다.

우리 봄에 죽자 응? 봄에."

「더 글로리」

핑계 김에

때론 진실보다 구실이 더 필요할 때

"비도 오는데 빈대떡에 막걸리 한잔 어때?" 파주에 사는 친구의 전화에 벌써부터 컬컬했던 목구멍이 시원해진다. 아마도 퇴근길에 비가 내리자 괜스레 술 한잔을 떠올렸을 테다. 당연히 비가 오니 막걸리에 빈대떡이었을 테고. "좋지" 하며 부랴부랴 옷을 챙겨입고 3호선 끄트머리 대화역에 있는 빈대떡집으로 향한다. 어쩌다 보니 이 집은 비오는 날의 아지트가 되어 버렸다.

왜 하필 비만 오면 빈대떡에 막걸리냐고? 비가 오면 일조량이 줄어들어 일시적 우울감을 느끼는 이들이 많고, 그래서 해물파전에 함유된 단백질과 비타민B가 비 오는 날 드는 우울한 기분을 해소하는 데 도움을 준다……는 식의 과학적 이유는 아니다. 그보다는 일종의 '파블로프의 개'에 가깝달까. 멍멍.

시작은 대학 시절로 거슬러 올라간다. 그 시절 우린 '우주회'라는 걸 만들었다. 무슨 우주를 탐구하는 그런 모임이 아니라, '비 올 때 술 마시는 모임(雨酒會)'이다. 왜 그리 술을 많이 마셨는지 모르겠지만 학교보다 주점에 더 많이 갔던 걸로 기억한다. 한 번은 교문을 지나 들어가는데 비가 내리기 시작하자 곧바로 발길을 돌려 주점에 갔던 적도 있다. 그럼 비가 안 오면 안 마실 것 같지만 그게 그렇지 않았다. 모여 앉아 '기우제'를 올렸으니까. 그러니 비는 핑계에 불과했다. 친구들과 만나 술 마실 구실을 찾으려는. 이러니 비만 오면 파블로프의 개가 되는 건 당연하지 않을까.

빗속을 뚫고 아지트에 거의 당도할 즈음, 어머니에게서 전화가 왔다. 김장을 했으니 가져가라는 거였다. "뭘 힘들게 김장을 또 했어? 그냥 사먹는다니까." 왜 그랬는지 모르지만 짜증이 났다. 어머니의 몸은 예전 같지 않으셨다. 기력도 많이 떨어지신 데다 무릎 수술까지 받아 김장을 하는 일은 무리가 될 게 뻔했다. 그래도 요리 욕심을 버리지 않는 어머니셨다. 이젠 작은댁에서도 오지 않아 혼자 꼬박 밤을 새워가며 음식을 준비해야 하는 제사도, 줄이든 없애든 하라고 그토록 얘기해도 고집을 꺾지 않으셨다. "움직일 수 있을 때까지는 말리지 마라." 그렇게 몸을 젊은 사람 쓰듯 쓰다가는 진짜 움직일 수 없게 될 수 있다고 해도 씨도 먹히지 않았다. "알았어. 그래도 만든 거니 가져가." 늘 그런 식이었다.

막걸리가 달았다. 꿀떡 꿀떡 잘도 넘어갔다. 고소하고 기름진 빈대떡까지 곁들이니 속도 푸근해졌다. 술안주로 엄마들 이야기가 올랐다. "울 엄마는 말야……" 김장과 제사 이야기를 꺼냈더니 친구가 자기 엄마도 마찬가지라고 했다. 그러면서 그건 '엄마들의 자기 존재 증명'에 가깝다고 했다. 당신이 아직 이렇게 살아있다는 걸 요리를 통해, 그 요리가 여전히 자식들의 입에 들어가는 걸 보는 것으로 확인하고 싶어 한다는 거였다. 술자리에서는 맞는 말이라고 맞장구를 쳤지만, 집으로 돌아오는 길에 생각해보니 그건 어머니의 핑계 같다는 생각이 들었다. 자식들과 모여 함께하는 시간을 갖고 싶어 만들어내는 핑계.

핑계라고 하면 괜스레 구실을 내세우는 것으로 치부되지만, 어떤 경우에는 삶의 중요한 힘이 되기도 한다. 삶의 어떤 것들은 진실을 직면하는 것보다 때론 구실을 대며 외면할 때 더 살아갈 수 있는 힘이 되기도 한다. 「더 글로리」에서 학교폭력에 시달리다 절망의 끝에 선 소녀가 끝내 생을 접으려 강물로 걸어 들어갔을 때, 저편에서 자신처럼 강물로 들어온 한 할머니가 소녀에게 던지는 엉뚱한 핑계가 그렇다. "아우 얘, 맨발로 괜찮니? 왜 하필 니트를 입었어? 젖으면 무거울 텐데. 물이 너무 차다. 그치. 춥다. 우리 봄에 죽자 응? 봄에." 할머니 역시 소녀와 똑같이 절망 앞에서 생을 접으려 했지만, 소녀를 만나게 되면서 그럴듯한 구실과 변명을 찾아낸 거였다. 이 추운데 맨발에 니트를 입고 들어온 소녀가 그 변명거리가 되어 주었고 그래서 그들은 함께 살아나왔다.

어머니에게 김장과 제사는 어찌 보면 이 엉뚱한 할머니가 구실로 찾아낸 맨발이자 니트인지도 모른다. 김치 없다고 겨울을 못 나는 것도 아니지만, 그걸 담그며 한 통씩 찾아갈 자식들을 떠올렸을 게다. 힘들지만 그건 어쩌면 어머니가 점점 쇠약해지는 기력과 아픈 몸에도 살아갈 수 있게 해주는 힘이 아니었을까.

핑계는 우리의 삶이 결국은 예정된 죽음을 향해 가고 있다는 허무함을 이겨내는 지혜이기도 하다. 어쩌면 우리는 물에 젖은 옷이 너무 무거워서 또 물이 너무 차서, 같은 핑계들로 죽음을 뒤로 미루며 하루하루를 살아가고 있는지도 모른다. 철학자들은 그래서 "왜 사는가?"의 질문은 답하기가 어렵지만, "왜 죽지 않는가?"에 대한 질문은 답하기가 의외로 쉽다고 말한다. 죽을 수 없는 다양한 이유들(혹은 핑계들)이 존재하기 때문이다. 심지어 "내가 죽으면 강아지 밥은 누가 챙겨주지" 같은 핑계도 이유가 되니 말이다. 절망은 마치 깊이 빠져드는 물과 같아서 그 물이 발목을 적셔올 때 이를 직시하고 마주하는 건 현명한 방법이 아니다. 그보다는 아주 일상적인 핑계와 변명을 찾아내고 그 물가로부터 멀어짐으로써 절망을 유예하는 것이 더 현명하다.

"엄마, 이젠 김장 같이 담가요." 술 기운 반, 미안한 마음 반에 어머니에게 전화를 걸어 그렇게 말했다. 네가 무슨 김장을 담그냐고 하셔서, 어떤 김치도 어머니가 해준 맛이 안 나서 이참에 레시피를 배워놓으려고 그런다고 했다. 핑계 김에 우리 집 김장의 대를 내가 한 번 이어보겠다는 호언장담도 했다. 그리고 전화를 끊은 후 생각했다. 이참에 어머니와 함께할 더 많은 핑계들을 만들어봐야겠다고.

물이 너무 차다. 그치. 춥다.
우리 봄에 죽자 응? 봄에.

"그러면 어때? 그냥 그런대로 널 좀 놔둬.

소나기 없는 인생이 어디 있겠어?

이럴 때는 어차피 우산을 써도 젖어.

이럴 땐 '아이, 모르겠다' 하고 그냥 확 맞아 버리는 거야.

그냥 놀자. 나랑."

「갯마을 차차차」

에라, 모르겠다

괜한 생각이 걱정을 만들 때

창릉천 따라 30분 정도 산책을 나왔을 때 후두둑 조금씩 빗방울이 떨어지기 시작한다. 본능적으로 머리부터 손으로 가린다. 어려서는 안 그랬던 것 같은데, 나이 들어서는 머리에 예민해졌다. 동심이니 뭐니 그런 차원이 아니고 '탈모'의 차원이다. 아버지의 머리를 보고 어느 정도 예감은 했지만 나이 들면서 머리카락에 힘이 없어지더니 슬슬 탈모 증상이 나타나기 시작했다. 산성비라는데, 이걸 맞으면 머리가 빠진다는데······.

중년을 넘기자 술자리에 늘 탈모에 대한 이야기가 안

주로 올라온다. 무슨 샴푸를 썼더니 머리카락에 힘이 생겼다는 이야기부터, 결국은 약을 먹게 됐다는 이야기, 그리고 늘 나오는 '탈모인의 성지' 이야기도 빠지지 않는다. "당진이 제일 유명한데 거긴 너무 멀어서……." "종로5가에도 있어. 거긴 약값이 싸다고 하더라." "거기서 나오는 약들 다 처방약으로 똑같은 거야. 굳이 성지 그런 데 갈 필요 없어." "요즘은 심는 게 유행이라더라." 효험을 봤다는 병원 이야기도 빠지지 않는다. 그래도 머리는 자꾸 빠지지만.

사실 탈모인(?)들끼리는 처음 봐도 쉽게 친해지곤 한다. 똑같은 고민을 하고 있어서인지, 슬쩍 탈모가 왔는데 이렇게 해보니 좀 좋더라는 이야기만으로도 공감대가 생긴다. 가끔 중년을 대상으로 강연을 하게 될 때면 아이스브레이킹 차원에서 탈모 이야기를 꺼내곤 한다. 그러면 분위기가 좋아진다. 하지만 그렇다고 탈모가 고민이 아닐 수는 없다. 우산 없이 나섰는데 산성비라니. 발길이 조급해진다.

그런 내 마음 따위는 모른다는 듯 빗방울은 점점 굵어진다. 그칠 기미는커녕 더 쏟아질 거라는 걸 예고하듯, 산책길 위로 평상시에는 보이지 않던 생물체들이 올라오기 시작한다. 지렁이와 민달팽이들이다. 집도 없어 맨살을 다 내놓은 매끈한 민달팽이의 몸이 위태롭게 느껴진다. 나는 혹여나 발에 밟힐까 조심스럽게 발길을 옮긴다.

　　민달팽이 때문이었을까. 고등학교 때 폭우가 쏟아져 방과 후 귀가 길에 발목까지 차오르는 물을 저벅저벅 걸어 집으로 왔던 기억이 떠올랐다. 점심 즈음부터 갑작스레 쏟아진 폭우인지라 대부분 우산이 없었다. 교문 앞에는 우산을 들고 기다리는 부모들도 있었는데, 우산이 없어 뛰어가거나 그냥 포기하고 비를 맞고 가는 친구들이 태반이었다. 나도 포기하고 마치 샤워를 한 듯 다 젖은 상태로 걸었는데, 우산 쓴 친구들이라고 별반 다르지 않았다. 바람을 동반한 비가 거의 가로로 들이치는 바람에 우산이 별 소용 없었기 때문이다.

　　완전히 비에 쫄딱 젖는 순간, 마음이 편안해졌다. 평상시라면 물웅덩이를 피해갔겠지만 이미 다 젖은 상태고 신발에도 물이 찬 상태라 그냥 그 웅덩이에 발을 담갔다. 해방감이 느껴졌는데 그건 나만 그런 게 아니었다. 많은 아이들이 비를 맞고 물웅덩이를 발로 차면서 깔깔 웃고 있었다. 지금 생각해 보면 그건 일종의 축제 같았다. 같이 빗속에 자신을 던져 넣고 있다는 일체감에 빠져들었으니.

'에라 모르겠다. 산성비고 뭐고 그냥 맞는 거지 뭐.' 그렇게 생각하니 마음이 편해졌다. 위태롭게만 보이던 민달팽이가 달리 보였다. 실오라기 하나 걸치지 않고 맨살 그대로 빗속에 자신을 내놓고 있는 건 해방이었다. 저들은 얼마나 비가 오길 기다렸을까. 얼마나 빗속에서 자유롭고 싶었을까. 비에 쫄딱 젖어갈수록 나는 저들과 일체감을 느꼈다. 그래 머리 좀 빠지면 어때.

사실 산성비와 대머리 사이의 연관관계는 과학적 근거가 없다고 한다. 실제로 그런 것이 우리가 쓰는 샴푸가 대부분 약산성이다. 산성비와 그 농도가 크게 다르지 않다. 그러니 산성비를 맞으면 머리카락이 빠진다는 게 사실이라면 샴푸를 쓰는 모두가 대머리가 된다는 이야기다. 실제로 서양사람들은 우산을 잘 쓰지 않는다고 하는데, 우산이 본래 발명됐을 때는 비가 아니라 햇빛을 가리는 양산이었다고 한다. '우산(umbrella)'의 어원인 라틴어 'umbra'는 본래 그늘을 의미한다고. 결국 산성비와 대머리가 상관관계를 갖게 된 건 우산 업체 사람들의 장삿속과 환경 운동가들의 경각심이 뒤섞여 생겨난 거라는 거다.

그러니 탈모인들이여, 갑자기 비가 쏟아진다고, 또 우산이 없다고 너무 당황할 필요는 없다. 비 좀 맞는다고 큰일 나지는 않으니까. 사는 것도 그렇다. 「갯마을 차차차」에서 나오듯 '소나기 없는 인생'이 어디 있겠나. 그럴 땐 피하려 안간힘을 쓰기보단 잠시 내려놓고 확 맞아버리는 것도 방법이다. 저 민달팽이의 자유와 해방감을 오히려 느낄 수도 있으니.

"지금 한 번. 지금만 한 번.

마지막으로 한 번. 또, 또 한 번.

순간은 편하겠지.

근데 말이야.

그 한 번들로 사람은 변하는 거야."

「이태원 클라쓰」

가만히 얻어지는 건 없어요

자잘한 수고로움이 필요할 때

어색한 침묵이 흘렀다. 강처럼 흐른 침묵이 마주 앉은 우리 사이에 놓였다. 나는 괜스레 '흠흠' 하며 목을 가다듬는 소리를 냈는데, 그건 이 침묵의 강이 만들어내는 긴장감을 그렇게라도 깨보고 싶어서였다. 상대도 그 어색함을 느꼈던지 쓸데없는 이야기를 꺼냈다. "오늘 날씨 참 그렇네요." 카페 창가에 마주 보고 앉아 있던 우리의 시선이 무의식적으로 창밖을 향했다. 폭우가 쏟아지고 있었다. 일 때문에 만난 자리였다. 10분이면 끝나는 일이었지만, 10분 만에 일어나기가 어색하던 차에 폭우가 쏟아졌다.

할 이야기가 없어서 핸드폰을 괜스레 들여다보는데 아내가 문자를 보냈다. '항공권이랑 호텔, 렌터카도 예약해야 하는데 시간 있어?' 순간 머리가 지끈했다. 둘째가 군대를 가게 되어 내년 초 가족여행을 계획하던 중이었다. 가기 전에 추억이라도 쌓자고. 그런데 그러기 위해서는 해야 할 일들이 많았다. 처음 여행 이야기를 할 때만 해도 우리는 행복감에 상상의 나래를 펼쳤다. 비행기 안에서 와인을 마시고, 햇빛 좋은 도로를 차로 달리고, 바다가 펼쳐지는 대자연 앞에서 바람을 맞고, 전망 좋은 창가에서 맛있는 음식과 차를 마시고……. 하지만 막상 그걸 실행하려 하니 고민해야 할 일들이 줄줄이였다.

"카페 하고 싶어요." 비 오는 날 카페 창가에 앉아 커피를 마시고 있을 때 느껴지는 한가로움 때문이었을까. 아니면 어색한 침묵을 깨기 위해 뭐라도 이야기해야 했기 때문일까. 그런 내 복잡한 머릿속과는 상관없이 마주 앉은 남자가 그렇게 말했다. 그 말 때문인지 남자의 얼굴은 어딘가 일에 지쳐 보였다. 창밖에는 비가 쏟아져 우산 없는 이들은 난리라도 난 듯 뛰어갔고, 우산 있는 이들 역시 종종대며 걸어갔다. 창 하나를 사이에 두고 이 세계가 더 없이 느긋하게 느껴졌다. 그래서 그런 객쩍은 이야기가 나왔을 거라고 생각했다. "너무 한가롭고 좋죠? 특히 비 올 땐." 나도 괜히 한마디 거들었다.

하지만 이 남자는 어딘가 진심이었다. "전에 카페를 한 적이 있어요." 의외의 이야기였다. 출판사 편집자와 카페라. 나는 좀 궁금해졌다. "첫 직장을 다니면서 매일 점심마다 가는 카페가 있었는데 거기가 너무 좋더라구요. 그래서 충동적으로 회사를 그만두고 카페를 차렸죠." 그는 카페를 하면서 겪었던 행복과 고충을 이야기했다. "손님들과의 관계가 중요해요. 커피라는 게 결국 그 맛을 들이면 매일 찾는 분들이 계시거든요. 근데 찾는 이유가 카페인 때문만은 아니에요. 카페가 주는 편안함 때문이기도 하죠. 주인과 나누는 일상적인 대화가 손님들을 계속 오게 하는 노하우인데 거기에서 필요한 건 '적당한 무관심'이에요."

적당한 무관심. 그 말에 방점이 찍혔다. 처음에는 그도 그저 친절하게만 대하고 커피가 맛있으면 된다고만 생각했다고 한다. 하지만 같은 커피에도 찾는 손님이 계속 달라지는 걸 매일 겪으면서 어떤 사람이 계속 오는지, 또 뭘 좋아하는지를 보게 됐다고 한다. "너무 무관심해도 냉담하게 느끼고, 너무 관심을 보여도 부담스럽게 생각해요. 물론 손님 입장에서는 나를 편안하게 생각해서 친하게 다양한 수다를 늘어놓기도 하는데, 저는 그럴 때마다 가볍게 맞장구를 치는 정도의 선에서 응대를 해요. 그래야 편안하게 생각하시거든요."

그의 이야기가 흥미로워졌다. 한가로워 보이는 카페지만, 그 한가로움 뒤에는 누군가의 손길과 노력이 있다는 걸 그의 경험담이 새삼 꺼내놓고 있었다. 그도 처음부터 그런 걸 알게 된 건 아니라고 했다. 카페를 열고는 장사가 너무 안돼 북카페를 하고 있는 선배를 찾아가 고민을 털어놨다고 했다. "그 선배가 그러더라구요. 카페가 평화로워 보이지만 가만있으면 되는 게 아무것도 없어. 독서회다 사인회다 뭐 그런 걸 끊임없이 던져야 겨우 운영되는 게 카페야. 자발적으로 그냥 오는 손님? 그런 건 없어."

순간 「이태원 클라쓰」의 박새로이가 떠올랐다. 그가

이태원에 오픈한 식당이 영업정지를 당할 위기에 처했을 때 조금 굽힐 줄도 알아야 한다는 조이서의 말에 '그렇게 쉽게 선택한 한 번들로 사람은 변하는 것'이라고 이야기했던 그 장년이. 흔히들 직장 생활이 힘들어 "장사나 할까?" 하지만, 이 세계 역시 만만한 건 없다는 걸 이 앞에 앉아 있는 남자가 말하고 있었다. 마치 박새로이처럼.

그저 한가롭게만 보이던 카페가 달리 보였다. 깔끔하게 정리된 테이블과 적당한 볼륨으로 손님들의 대화에 방해를 주지 않는 선에서 흘러나오는 재즈 음악, 얼룩 하나 보이지 않게 투명하게 닦인 컵과 창, 무엇보다 한 걸음 물러나 있지만 언제든 고개를 돌리면 기다렸다는 듯 눈짓을 보내며 필요한 게 있냐고 묻는 사장님이 새롭게 보였다. 한가로움에는 그 한가로움을 만들기 위한 보이지 않는 손길들이 있었다.

만일 내 삶이 하나의 카페라면 그 카페의 한가로움과 편안함은 그저 얻어지는 건 아닐 게다. 그걸 위한 노력들이 필요할 게다. 나는 과연 누군가를 만날 때 그런 편안함을 주려는 노력을 해왔을까. 앞에 앉은 이 남자의 노력이 눈에 들어왔다. 애써 자신이 했던 카페 이야기를 들려주고 그 어려움과 행복을 이야기하고 결국 아쉽게 그만두게 됐지만 언젠가 다시 카페를 하고 싶다는 그 소망까지 꺼내놓는 노력 때문이었을까. 어색함은 사라지고 편안함이 느껴졌다. 마침 비도 잦아들었다.

그 남자와 헤어져 집으로 가는 길에 지하철 안에서 나는 항공권과 호텔, 렌터카를 검색했다. "카페 하고 싶어요"라는 말이 "여행 가고 싶어요"로 들렸다. 나와 가족을 위한 행복도 그저 가만히 얻어지는 건 아닐 테니. 그 수고로움이 즐거워졌다.

지금 한 번. 지금 한 번. 마지막으로 한 번. 또, 또, 한 번.
순간은 편하겠지. 근데 말이야. 그 한 번들로 사람은 변하는 거야.

우리는 많은 것들을 놓치며 살아간다.

나에게 선재는 하늘의 별처럼 닿을 수 없는

아득히 먼 존재였다.

떠올리고 싶지 않은 기억들로 뒤덮인 내 10대의 끝자락에

손만 뻗으면 닿을 거리에 선재가 있었다는 걸

매일 나와 같은 공기를 마시고 같은 하늘을 보고

같은 길을 걷고 내 이름을 알고

나를 구했다는 사실을 그때는 미처 알지 못했다.

그동안 얼마나 많은 인연의 순간들을 놓치고 살아왔는지

나의 과거를 다시 마주하고 나서야 깨달았다.

어쩌면 놓치지 말아야 할 순간들은

어딘가에서 찬란한 빛을 내며

끊임없이 나에게 신호를 보내고 있었는지도 모른다.

그 신호를 놓치지 않는 것

그것이 내가 이곳에 온 이유,

너와 내가 다시 만난 이유이지 않을까?

「선재 업고 튀어」

잃어버린 시간을 찾아서

과거의 어느 순간이 그리워질 때

오랜만에 병수를 만났다. 서울 레코드 펍. 종로 한가운데 아직도 이런 곳이 있었나. 병수가 데려간 그곳은 벽장 한 가득 LP로 채워져 있었고, 커다란 스피커에서는 짐 크로스(Jim Croce)의 '타임 인 어 보틀(Time in a bottle)'이 흘러나왔다. 잔잔한 기타 연주 위로 짐 크로스의 담담한 목소리가 말하고 있었다. '만약 시간을 병 속에 저장할 수 있다면 내가 제일 먼저 하고 싶은 것은 매일매일을 저장하는 것입니다. 영원이 사라질 때까지 당신과 함께 그 시간을 보낼 수 있도록-' "아마 비행기 사고로 사망했지? 죽기 1년

전에 나온 노래였을 거야." '타임 인 어 보틀'을 부른 짐 크로스의 죽음에 대해 녀석이 아는 체를 했다.

"신청곡도 받아." 병수는 바 위에 있는 종이와 펜을 가져와 내게 내밀었다. 그러고는 종이 위에 신청곡을 썼다. 너바나의 '스멜스 라이크 틴 스피릿(Smells like teen spirit)'. 내가 보고 있다는 걸 느꼈는지 녀석이 말했다. "오늘이 무슨 날인지 알지?" 4월 5일. 커트 코베인이 세상을 떠난 날이었다. 7월 3일 짐 모리슨, 10월 4일 재니스 조플린, 12월 8일 존 레논……. 녀석은 그렇게 팝 스타들이 세상을 떠난 날짜를 기억하곤 했었다. 스물 일곱 살에 세상을 떠나 청춘의 초상으로 박제되어 있는 커트 코베인의 목소리가 내 안의 어떤 버튼 하나를 눌렀다. 과거로 시간을 되돌리는.

그 해 우리는 음악에 빠져 있었다. 병수는 비틀즈를, 태준이는 핑크 플로이드를, 나는 레드 제플린과 도어즈를 들었다. 입시 지옥을 겪던 고교 시절이었다. 공부에는 별 취미가 없던 병수는 세상사 돌아가는 데는 나이답지 않게 열을 올렸다. 자율학습 시간에 광주 이야기를 자주 들려줬고 독재에 저항해야 한다는 이야기도 했다. 그 이야기의 끝은 다소 엉뚱하지만 존 레논으로 귀결되곤 했

다. 히피 정신이니 무정부주의자니 하는 이야기들을 꺼
냈던 그때의 병수는 당장 사제폭탄이라도 제조해 어딘가
에 투척하고픈 열망과 치기에 빠져 있었다. 그런 녀석에
게 태준이는 기름을 부었다. 핑크 플로이드의 '더 월(The
wall)' 뮤직비디오를 보여준 것이다. 개인주택이라 마음
껏 볼륨을 높여놓고 음악을 들을 수 있었던 태준이네 2
층 방에서 우리는 핑크 플로이드의 '어나더 브릭 인 더 월
(Another brick in the wall)'을 따라 부르곤 했다. '위 돈 니드 노
에듀케이션(We don't need no education)-'

그렇게 우린 고교 시절을 지나 대학에 갔다. 회계학과
에 들어간 병수는 폭탄 대신 화염병을 들었고 매캐한 최
루탄 속을 뛰어다녔다. 물리학과에 들어간 태준이는 당
시 막 나오기 시작했던 퍼스널 컴퓨터에 빠져들었다. 컴
퓨터를 구입하거나 고칠 일이 생길 때마다 태준이가 소
환되곤 했다. 나는 소설을 쓰겠다고 국문과에 들어갔지
만 글보다는 술을 더 마셨다. 시간은 빠르게도 흘러 사회
로 나가는 문 앞에 우리를 세워놓았지만, 우리는 아직 그
문을 열고 나가고 싶지가 않았다. 태준이가 먼저 문을 열
고 나갔다. 대전에 있는 대학원에 들어간 거였다. 하지만

나와 병수는 대신 신촌에 있는 음악 카페 '도어즈'로 거의 매일 출근하다시피 했다. "그때 기억 나냐? 테이블 위에 올라가서 노래를 따라 부른 적도 있잖아. 짐 모리슨 닮은 주인 형이 그런 우리를 귀엽게 봐주곤 했고." 그때의 기억 속으로 들어간 듯 병수의 목소리는 한껏 들떠 있었다. "서서히 사라지기보다는 한번에 타오르는 게 낫다." 병수가 커트 코베인이 했던 말을 읊조렸다. 커트 코베인이 스물일곱에 그런 말을 남기고 떠났던 해 우리는 스물다섯이었다. 그리고 스물일곱이 되었을 때 우린 불타오르기보다는 서서히 사라지기를 선택했다. '도어즈'를 나왔고, 세상으로 향하는 문을 열었다. 그 때 늘 마지막에 우리는 도어즈의 '웬 더 뮤직스 오버(When the music's over)'를 듣곤했다. 우리들의 젊은 날의 음악은 그렇게 끝나가고 있었다. 웬 더 뮤직스 오버-

각자 결혼해 가정을 꾸리고 평범한 삶으로 돌아갔지만 때때로 우리는 음악 카페에서 만나 술을 마시며 음악을 들었다. 그 짧은 음악의 순간들이 답답한 일상의 숨통이 되어 주었다. 전혀 어울리지 않을 것 같던 보험 회사에 들어간 병수는 점점 적응해 갔다. 청바지보다 정장이 더 어울렸고, 내게 보험 서류를 내밀며 하나 가입해 달라는 말도 술술 했다. 하지만 양복에 넥타이까지 했어도 음악은 우리를 젊은 날의 그때로 되돌려 놓는 시간 여행 버튼이었다. 살기 위해 별 모진 일도 다 해내곤 했던 병수는 자주 존 레논의 '이매진(Imagine)'을 따라 불렀다. '상상해 봐요. 소유 없는 세상을. 할 수 있을지 모르겠지만, 소유가 없다면 탐욕도 굶주림도 없고 우리는 모두 형제가 될 텐데-' 그럴 때면 여전히 녀석은 몽상가였다.

그러던 어느 날 태준이가 갑자기 세상을 떠났다. 아이가 아장아장 걷기 시작할 때 백혈병 판정을 받았지만 수년간 밝은 모습으로 투병하던 태준이는 이제 완치가 되었다 싶던 해에 갑자기 병이 재발해 속수무책으로 세상을 등졌다. 무슨 예감이라도 있었던 것인지, 우리 집에 놀러와서는 마르셀 프루스트의 『잃어버린 시간을 찾아서』를 빌려갔던 게 마지막이었다. 그 후로 병수와의 만남도 뜸해졌다. 그렇게 지나간 시간이 마치 전생처럼 먼 과거로 여겨지고 있을 때 병수에게서 전화가 왔다. "음악이나 들으러 가자."

"잘 살고 있냐?" 카페의 문을 나서며 불콰해진 얼굴로 병수가 불쑥 물었다. 글쎄, 하고 속으로 생각했지만 뭐라 말하진 않았다. 지금이 딱히 나쁜 건 아니지만 만일 시간을 되돌릴 수 있다면, 딱 한번만이라도 태준이네 집 이층 방에서 비틀즈와, 핑크 플로이드, 그리고 레드 제플린과 도어즈를 들었던 그 시절로 돌아가고 싶다는 생각이 들었다. 아무렇게나 방바닥에 드러누워 앨범 자켓을 보면서 음악을 들었던 그때. 아무런 말도 필요 없이 음악 속에 온전히 나를 던져 놓고, 마치 영원히 그 시간이 멈추지 않을 것처럼 빠져들었던 그 순간들은 얼마나 눈부셨던가.

'어쩌면 놓치지 말아야 할 순간들은 어딘가에서 찬란한 빛을 내며 끊임없이 나에게 신호를 보내고 있었는지도 모른다.'「선재 업고 튀어」에서 과거로 시간을 뛰어넘어 간 임솔이 그때는 몰랐으나 알고 보니 너무나 소중한 순간들이 있었다는 걸 알게 됐다는 대사가 흘러나올 때, 내 뇌리에는 존 레논의 '이매진'이 흐르고 있었다. 누구나 시간을 되돌려 돌아가고픈 순간 하나쯤은 있기 마련이다. 그리고 이건 불가능한 일도 아니다. 우리에게는 시간 여행을 하게 해줄 수 있는 음악이 있으니.『잃어버린

시간을 찾아서』를 빌려 갔던 친구에게서 당시 빌려왔다
가 돌려주지 못했던 LP 한 장이 눈에 들어왔다. 턴테이블
에 판을 올리고 음악을 틀고는 눈을 감았다. 그렇게 시간
의 터널 속으로 빠져들어갔다. 너무나 소중했지만 그때
는 미처 몰랐었던 잃어버린 시간을 찾아서.

"내 인생은 모래밭 위 사과나무 같았다.

파도는 쉬지도 않고 달려드는데 발밑에 움켜쥘 흙도

팔을 뻗어 기댈 나무 한 그루가 없었다.

이제 내 옆에 사람들이 돋아나고

그들과 뿌리를 섞었을 뿐인데

이토록 발밑이 단단해지다니.

이제야 곁에서 항상 꿈틀댔을 바닷바람, 모래알…….

그리고 눈물 나게 예쁜 하늘이 보였다."

「동백꽃 필 무렵」

곁을 내줘요

덩그러니 혼자라고 느껴질 때

극장에는 뮤지컬을 보러 온 사람들로 붐볐다. 크리스마스이브였고 게다가 「레미제라블」이었다. 연인들, 친구들, 가족들 단위로 좌석에 앉은 사람들 틈에 우리 가족도 앉았다. 그리고 저편 무대 위 세트들을 보며 앞으로 약 세 시간 동안 19세기 프랑스를 배경으로 펼쳐질 이야기들을 상상했다. 그러다 나도 모르게 어렸을 때 책장 가득 채워져 있던 명작 100선 속에 숨은그림찾기처럼 꽂혀 있던 『레미제라블』 책을 떠올렸다.

"찾아봐. 『15소년 표류기』." 어렸을 때 아버지가 그렇게 문제를 내면 내가 책장에서 그 책을 찾아내는 놀이를 하곤 했다. 『아라비안 나이트』, 『해저 2만리』 같은 책들은 척척 찾아냈는데 이상하게도 『레미제라블』은 잘 찾지 못했다. 그게 무슨 뜻인지 제목만 봐서는 몰라서였을 게다. 나는 그 후에도 그 책을 읽기는커녕 찾는 것도 잘하지 못했다. 초등학교 3학년 겨울, 어린 나이에 서울로 오게 됐기 때문이었다. 이제 막 시작한 뮤지컬은 감옥에서 19년을 복역한 후 나온 장 발장이 그를 배척하는 세상 앞에서 절망하는 대목을 보여주고 있었다.

뿌리가 뽑혀버린 느낌이랄까. 시골에서 친했던 친구들도 또 매일 갔던 학교와 주말이면 올랐던 산, 그리고 익숙했던 거리도 모두 사라졌고 내 앞에는 만만찮은 서울살이가 놓여 있었다. 광화문에 있는 새로운 학교를 가고, 신문로 골목길에 있는 전세 단칸방에서 삼남매가 함께 지내게 되었다. 충청도 사투리가 묻어나는 시골 소년에게 다가와 주는 친구들은 별로 없었다. 공부를 위해 하게 된 과외 수업에서는 매일 교과서를 달달 외우게 했고, 토씨 하나 틀릴 때마다 그 숫자대로 뺨을 맞았다. 매번 쉽지

않아 몇 대씩 뺨을 맞았지만, 맞지 않기 위해 나는 집중하
고 또 집중했다. 마치 명작 100선 속『레미제라블』을 찾던
것처럼.

그런데 단 하루도 뺨을 맞지 않는 친구가 있었다. 그
는 마치 보란 듯이 토씨 하나 틀리지 않고 교과서를 척척
외우고는 가방을 챙겨 집에 가곤 했는데 나는 그게 부럽
기도 하고 신기하기도 했다. 유난히 틀린 게 많아 얼얼한
뺨을 만지며 이대로 시골로 도망칠까 생각하고 있던 날,
그 친구가 내게 물었다. "토요일에 우리 집에서 나랑 놀
래?" 허공에 붕 떠서 어디로 날아갈지 알 수 없을 것만 같
던 풍선의 줄을 누군가 잡아준 기분이었다. "그래도 돼?"

그 친구 이름은 용상이었고, 나는 자주 그의 집에 놀
러 갔다. 용상이네 집은 내가 지내는 전세 단칸방과는 너
무 달랐다. 작은 정원도 있는 개인주택이었는데 시골에
있던 우리 집처럼 안정감이 있었다. 집은 주로 비어 있었
고, 용상이는 부모님이 모두 일 때문에 바쁘시다고 했다.
아버지는 무슨 일을 하시는지 묻지 않아 몰랐지만, 어머
니는 경양식집을 운영하셨다. 처음 돈까스를 먹어 보고
너무나 놀라는 나를 어머니가 귀엽다는 듯 빙그레 웃으

며 바라보시던 기억이 있다.

우리는 주로 주말에 만났고 딱히 할 게 없어 TV를 많이 봤는데 존 웨인이나 클린트 이스트우드가 주인공인 서부극이 자주 흘러나왔다. 우리는 용상이 아버지가 버린 담배꽁초를 재떨이에서 꺼내 입에 물고는 존 웨인과 클린트 이스트우드 흉내를 내곤 했다. 때로는 서부극 흉내에 흥이 겨워 당시 문화방송이 있던 정동 언덕에서 뛰어놀았는데 그때 그곳은 사람들이 별로 없는 공터에 가까웠다.

어느 날은 용상이가 새로운 친구 동휘를 소개시켜 줬다. 왜소한 체구로 학교에서도 별로 눈에 띄지 않는 친구였다. 친구가 없어서 외로워서였을까. 동휘는 어디서 그런 돈이 나오는지 자주 우리를 데리고 뚜리바 분식에 가서 떡볶이며 오뎅을 사줬고, 때론 운세 뽑기도 하게 해주곤 했다. 용상이가 일이 있어 바쁠 때는 동휘와 영화를 보러 다녔다. 가장 가까운 극장은 국제극장이었지만 우리는 한참을 걸어 청계극장까지 가곤 했다. 거기서 주로 하던 무협영화를 보고 집으로 돌아오곤 했는데 동휘가 입장권을 대부분 사줬다.

왜 갑자기 용상이와 동휘가 떠올랐던 걸까. 공연이 끝나고 나오면서 나는 숨은그림찾기처럼 꼭꼭 숨겨져 있던 『레미제라블』을 찾은 것처럼 용상이와 동휘를 생각했다. TV와 영화를 보고 글을 쓰며 살고 있는 지금의 내가 그냥 그렇게 된 게 아니라는 생각이 들었다. 용상이와 함께 봤던 TV와 동휘와 함께 서울 거리를 활보하며 찾아가 봤던 영화들이 주마등처럼 스쳐 지나갔다. 곁에 아무것도 없다고 생각했던 내게 곁을 내준 그 친구들이 너무나 따뜻한 기억으로 새록새록 피어났다. 홀로 덩그러니 던져져 뿌리가 사라진 것처럼 세상을 저주했던 장 발장의 마음은 곁을 내주고 손길을 내밀어 준 미리엘 주교 앞에서 얼마나 따뜻해졌을까.

　"내 인생은 모래밭 위 사과나무 같았다. 파도는 쉬지도 않고 달려드는데 발밑에 움켜쥘 흙도 팔을 뻗어 기댈 나무 한 그루가 없었다. 이제 내 옆에 사람들이 돋아나고 그들과 뿌리를 섞었을 뿐인데 이토록 발밑이 단단해지다니. 이제야 곁에서 항상 꿈틀댔을 바닷바람, 모래알……. 그리고 눈물 나게 예쁜 하늘이 보였다."

「동백꽃 필 무렵」에서 미혼모 동백이는 자신을 배척하고 손가락질 하는 세상에 절망해 그 누구에게도 곁을 주지 않으려 살아가지만, 그를 추앙하고 칭찬하고 존경한다고까지 하는 용식이를 만나면서 알게 된다. 자신에게 늘 바닷바람, 모래알 그리고 눈물 나게 예쁜 하늘처럼 곁을 내주는 사람들이 있었다는 것을.

그러니 혼자 덩그러니 절망 속에 앉아 있다고 느껴질 때는 주변을 둘러보기를. 거기 곁을 주는 누군가가 있을 테니 말이다. 또 혼자 어두운 골목길을 걸어가는 친구가 보인다면 먼저 다가가 곁을 내주기를. 그것은 어쩌면 한 사람에게는 구원이 될 수도 있으니.

Part 2.

—

너는 봄날의 햇살 같아

"지금은 좋지만 살다 보면 또 고비가 올 거 아니야.

그럼 그 달콤했던 기억들을

유리병에서 사탕 꺼내 먹는 것처럼

하나씩 까먹으면서 힘들고 쓴 시간을 견디는 거지.

그러니까 우린 좋을 때

그걸 잔뜩 모아둬야 하는 거라고…….

나 이제 주식이랑 지분 모으는 것보다

행복한 기억들을 모으는 데 더 집중해 볼 거야.

나한테는 이제 그 유리병을 채우는 일이 제일 중요해."

「눈물의 여왕」

초콜릿처럼 꺼내 먹어요

힘들고 쓴 시간을 견뎌야 할 때

유리병에 담긴 것들은 대부분 나를 설레게 한다. 어느 생일날 받았던 사탕, 마음을 담아 접었던 종이학, 어린 날의 추억이 담긴 구슬, 마시기 전부터 목구멍을 설레게 하는 한잔의 음료, 좋은 날 좋은 사람과 꺼내 먹으려 담가 놓은 술…… 그래서인지 매일 아침을 깨우는 커피도 투명한 유리잔에 따라 마시곤 한다. 아마도 자이언티의 노래 '꺼내 먹어요'에서 "그럴 땐 이 노래를 초콜릿처럼 꺼내 먹어요-"라는 가사 속 초콜릿 혹은 노래 역시 유리병에 담겨 있지 않았을까 하고 상상한다. 그 해 초여름 도쿄에서의 기억이 딱 그랬다. 때때로 일진이 사나워 쓰디쓴 하루를 보낸 날, 꺼내곤 하는 달달한 기억이랄까.

"호텔에 짐 풀고 아사쿠사에 놀러 가자. 도쿄에서 가장 오래된 절이 있다잖아. 거기서 사진 찍고 근처 길거리 쏘다니다가 기념품도 쇼핑하고, 어두워지면 슬슬 음식점 찾아서 꼬치 요리에 맥주 한잔 마시면 딱일 것 같아." 한 여행 예능에서 도쿄의 선술집 풍경을 본 게 계기였다. 아내를 그렇게 꼬셨고 두 달 후 우리는 나리타행 비행기에 올랐다. 그런데 공항 활주로에 비행기가 막 내렸을 때 아차 싶었다. 한낮이었는데 창밖이 어둑했다. 곧 비를 쏟아 낼 것 같은 먹구름이 잔뜩 끼어 있었다. 지하철을 타고 신주쿠역에 내려 트렁크를 끌고 호텔을 찾아가는데 바람이 예사롭지 않게 불었고 빗방울도 조금씩 떨어지기 시작했다. 급기야 호텔 방에 짐을 풀고 하릴없이 틀어놓은 NHK에서는 태풍이 다가온다는 뉴스가 흘러나왔다. 망했다. 여행 온 첫날 태풍이라니.

애써 아무렇지도 않아 하는 아내의 얼굴을 보며 뭐라도 해야겠다는 생각이 들었다. 그래서 도쿄와 비, 그리고 여행을 검색창에 넣고 비가 와도 도쿄에서 갈만한 곳을 찾았다. 무수한 도쿄 여행기들 중 '신주쿠 공원'이 눈에 들어왔다. "여기가 신카이 마코토의 애니메이션 「언어의 정원」 실제 배경이래." 나는 애니메이션 속 장면들과 실제 신주쿠 공원의 장면들을 교차해 편집해 놓은 어느 블로그의 화면을 아내에게 보여줬다. "이 날씨에 여길 가자고? 괜찮을까?" 아내의 반신반의하는 얼굴에 갑자기 직업정신이 발동했다. 「언어의 정원」의 내용들을 꺼내놓으면서 고등학생 다카오와 유키노가 비오는 날마다 수업을 빼먹고 공원에서 만났던 장면들을 상기시켰다. "비오는 장면들이 정말 좋았잖아. 특히 공원에서 갑자기 비가 막 쏟아져서 비를 피하는 장면 기억나?"

어딘가 불길한 먹구름 때문에 불안해하는 아내를 굳이 설득해 호텔을 나섰다. 하지만 상상과 현실은 다르고, 작품 속 세계와 현실 세계 역시 다르다는 걸 호텔 회전문을 나오는 순간 실감했다. 후두둑 떨어지던 빗방울이 제법 굵어졌고 바람도 세졌다. 예보대로 태풍이 다가오는 모양이었다. 걱정이 됐지만 여행자의 치기 같은 게 스멀스멀 피어올랐다. "금세 갔다 오지 뭐. 그새 설마 태풍이 오진 않겠지.” 우산을 쥔 손에 힘을 주고 우리는 공원을 향해 걸었다. 생각보다 공원은 꽤 멀었다. 실제로도 몇 블록을 걸어가야 하는 거리였지만 점점 세지는 비바람 때문에 더더욱 그랬다. 바람에 자꾸 뒤집히는 우산은 별 쓸모도 없었다. 이미 쫄딱 젖어버린 우리는 헛웃음이 났다.

　“이거 무슨『용감한 아이린』이야?” 아내는 아이들이 어렸을 때 읽어주곤 했던 그림책 이야기를 했다. 백작부인에게 드레스를 가져다주려고 눈길을 뚫고 고생고생해서 가는 이야기였다. 뭔가를 포기하고 마음을 놓아버린 사람들처럼 한결 편해진 얼굴로 우리는 연실 농담을 꺼내놓았다. “이제 기억났어.「언어의 정원」에서 갑자기 쏟아진 폭우 속에서 쫄딱 젖은 유키노가 이렇게 말했거든. 우리들, 헤엄쳐서 강을 건넌 사람들 같아.” 번개가 치고 비바람이 몰아치는 길 위에서 우리는 정신줄을 놓아버린 사람들처럼 떠들며 깔깔 웃었다.

　“그냥 돌아갈까.” 빗속을 뚫고 간신히 공원 앞에 도착했는데 아무도 없는 입구를 보니 망설여졌다. “그래 이 날씨에 누가 오겠어. 정신 나간 사람 아니면.” 아내의 혼잣말이 나 들으라는 소리처럼 들렸다. 몰아치는 비바람에 두들겨 맞은 공원은 어딘가 축 늘어져 음산한 기운이 감돌았다. 저녁 시간도 아닌데 먹구름에 어둑해진 하늘은 한밤중의 공원 같은 으스스한 풍경을 저편에 연출하고 있었다. 의기소침해 있는 나를 의식한 듯 아내가 말했다. "그래도 왔는데 그냥 가긴 그렇잖아. 용감한 아이린처럼 우리도 끝까지 가자." 우리는 입장권을 사서 공원으로 들어갔다. 역시 사람은 없었다. 수백 년은 된 듯한 거대한 나무가 어둑하게 서서 비바람에 거세게 몸을 흔들고 있었는데 그 뒤로 토토로가 우산을 쓰고 등장해도 놀랍지 않을 것 같았다. 수령이 많은 나무들 사이로 들어서자 아늑한 기분이 들었지만, 갑자기 쏟아진 비로 길에는 도랑이 생겼고 어느새 경사를 따라 작은 개울처럼 물이 흐르기 시작했다. 물웅덩이에 발이 푹푹 빠져 더 이상 계속 가기 어려울 것 같은 기분이 들던 차에 마치 백작 부인의 집처럼 찻집 하나가 눈에 들어왔다.

'어, 우리만이 아니었네. 이런 태풍을 뚫고 공원에 굳이 들어온 사람이 우리 둘만 있는 줄 알았는데.' 찻집 안에 있는 몇몇 외국인들이 반가웠다. 그들은 삼삼오오 앉아 젖은 몸을 따뜻한 차 한잔으로 녹이고 있었다. 언어도 다르고 소리도 잘 들리지 않았지만 표정들이 밝았다. 마치 거대한 재난영화 속에서 안전한 공간을 찾아낸 이들의 안도감과 아늑함이랄까. "마치 유리병 속에 들어와 있는 것 같네." 아내가 양갱 한 조각과 녹차 한 모금을 마신 후 한껏 차분해진 목소리로 말했다. 그러고 보니 폭포 바로 옆에 서 있는 것처럼 시끄럽던 빗소리가 노이즈 캔슬링 이어폰을 꽂은 것처럼 사라졌다.

"난 유리병 하면 물꽂이가 떠올라." 유리병이 연상시킨 것일까. 아내가 뜬금없이 물꽂이 이야기를 꺼냈다. "코로나19가 한창일 때, 공기정화 식물들을 집에 들여 키웠잖아. 그중 스파티필름이 있었어." 식물 이름이 영 낯설어 고개를 갸웃하자 아내가 말했다. "왜 당신이 화분에 이파리 그림 그려 넣었던 식물 말야." 그때 나는 무슨 바람이 불었던지 낙서하듯 색연필로 화분에 그 식물의 이파리 그림을 그린 적이 있었다. "그게 엄청 잘 자라서 옆에 새끼를 치기 시작하는데, 좁은 화분을 비워주려고 물꽂이를 시작했어. 주스병, 물컵 같은 유리병만 보면 새끼 스파티필름을 물꽂이 했지. 물꽂이를 하면 말야, 잎을 보는 것만큼 물 밑으로 자란 무성한 뿌리를 보는 맛이 있어." 수

다스러워진 아내를 보니 마음이 한결 가라앉았다.

창밖으로는 당장이라도 세상이 무너질 것처럼 태풍이 몰아치고 있었지만, 우리는 그 유리병 같은 찻집에 들어 앉아 이야기를 나눴다. 그렇게 스파티필름 물꽂이를 계속 하다 보니 어느새 코로나19가 지나가 버렸다는 이야기를 했고, 「언어의 정원」에서 비오는 날 저마다의 상실감을 안고 그 정원을 찾았던 다카오와 유키노가, 함께 수다를 떨고 도시락을 나눠 먹으며 실제로는 힘들었을 그 시기를 웃으며 보냈던 장면들을 이야기했다.

이틀 뒤 다시 찾아간 공원은 마치 수십 년은 지난 듯 완전히 다른 풍경을 보여주고 있었다. 태풍이 언제 있었느냐는 듯 따뜻한 햇살이 쏟아졌다. 비를 한껏 머금은 나무들은 물꽂이 한 스파티필름처럼 생생해 보였다.

"지금은 좋지만 살다 보면 또 고비가 올 거 아니야. 그럼 그 달콤했던 기억들을 유리병에서 사탕 꺼내 먹는 것처럼 하나씩 까먹으면서 힘들고 쓴 시간을 견디는 거지." 「눈물의 여왕」에서 해인이 그렇게 말했을 때, 나는 그 해 초여름 태풍 속에서 찾아갔던 공원을 떠올렸다. 「언어의 정원」과 『용감한 아이린』을 이야기하며 태풍 속을 뚫고 찾아갔던 그 공원의 찻집을 떠올렸다. 그 찻집에서 마치 어려움을 뚫고 나온 듯 더 생생해진 얼굴로 아내가 이야기해 줬던 물꽂이 한 스파티필름을 떠올렸다. 그리고 그런 좋았던 기억들과 이야기들이 있어 힘든 시간들도 견뎌낼 수 있는 것이고, 그렇게 견뎌낸 힘든 시간들은 또한 좋은 기억들과 이야기로 남는 것이라 생각했다. 찾아내고 보니 드디어 보이는 숨은그림찾기처럼 집 안 곳곳의 스파티필름이 눈에 들어왔다. 거실에 두 개. 부엌 창가에 하나, 식탁 위에 하나, 안방 탁자 위에 하나, 아이들 방 책상 위에 하나씩. 7개의 새끼 스파티필름은 지금도 유리병 속에서 잘 자라고 있다.

달콤했던 기억들을 유리병에서
사탕 꺼내 먹는 것처럼
하나씩 까먹으면서 힘들고 쓴
시간을 견디는 거지.

"수녀님 답을 찾은 것 같아요.

모든 것을 잃은 나조차도 사랑할 수 있는 나 자신.

그거에요. 마인."

「마인」

온전한 내 것

요가매드 위에 있을 때

아파트 커뮤니티 센터 요가실에 열다섯 명 남짓 사람들이 모였다. 모두가 여자들이다. 처음에는 그 자리에 남자 혼자 들어가는 게 여간 힘든 게 아니었다. 하지만 오랜 컴퓨터 작업으로 어깨며 목이며 허리가 가만히 있어도 아프기 시작하자, 그런 어색함은 중요하지 않게 됐다. 그렇게 1년 넘게 요가 교실을 찾았고, 기둥 옆 맨 앞자리에서 요가를 하다 보니 이제는 오고 가며 가볍게 목례를 하는 회원분들도 생겼다. 창피하지 않았냐고? 아파 봐. 뭐든 다 하게 되지.

10분 일찍 도착해 내 자리에 요가매트를 깐다. 그리고 가볍게 몸을 풀고는 눈을 감고 가만히 앉아 있는다. 삼삼오오 모여 수다 떠는 소리들이 들려오지만 그다지 신경 쓰이지 않는다. 그때마다 느끼는 건, 잠잘 때 말고 가끔 눈을 감는 시간이 꽤 괜찮다는 거다. 뭔가 눈앞에 닥친 것들을 잠시 잊고 내 몸에 집중하는 것 같다. 눈을 감으면 호흡이 느껴진다. 들이마시고 내쉬는 과정에서 산소가 코로 들어와 목을 통과하고 가슴을 부풀렸다가 다시 빠져나가는 게 온전히 느껴진다.

늘 발랄한 걸음걸이로 등장하는 요가 선생님은 "안녕하세요"라고 인사하며 먼저 작은 수다로 분위기를 풀어놓는다. 그리고 출석체크를 한 후, "이제 시작할까요?"라며 첫 번째 동작을 시작한다. 1년 넘게 했지만 동작들은 할 때마다 익숙하지가 않다. 선생님 말로는 '습관의 반대'로 하는 동작들이라 그렇다고 했다. 컴퓨터 작업을 하느라 늘 앞으로 말려 있는 척추를 뒤로 펴기 위해 '부장가사나(Bhujangasana)'라는 일명 코브라 자세로 불리는 후굴 자세를 하고, 말린 어깨를 펴는 데 좋은 '아도무카스바나사나(Adho Mukha Svanasana)'라는 견상 자세(다운독)를 한다. 요가할 때 잠깐 펴놓은 몸은 다시 일상으로 돌아가면 구부러지는 걸 반복하기 마련이다. 평소 자세를 바로 해야 이런 일이 없지만 어디 그게 맘대로 되나.

별로 느는 것 같지도 않은데 그래도 꾸역꾸역 요가를 하러 오는 이유는 매트를 깔고 그 위에 있는 한 시간이 좋아서다. 그 한 시간은 온전히 내 것이라서 그렇다. 하루를 정신없이 살면서 나 자신에게만 집중하는 시간이 갈수록 사라진다. 하지만 요가매트 위에서 여러 쉽지 않은 동작들을 할 때면 그런 외적인 잡생각들이 사라진다. 대신 내 몸에서 벌어지고 있는 것들(사실은 고통!)에만 집중하게 된다.

누구는 주식을 해서 얼마를 벌었고, 누구는 어디에 아파트를 사서 몇억을 벌었으며, 누구는 이번에 자식이 서울대를 갔고, 누구는 고시를 패스했고, 누구는 1년간 세계여행을 떠났다는 그런 주변의 일들로 이리저리 휘둘리던 내 마음이 여기서는 단 하나로 집중된다. 아프다. 시원하다. 아니 아파도 너무 아프다. 어째 이건 익숙해지지가 않냐. 이제 그만 할까……. 여러 생각이 들지만 적어도 그 생각들은 온전히 내 몸을 벗어나지 않는다.

　이 요가 교실에서는 누가 부자인지 누가 젊은지 같은 건 아무런 상관이 없다. 아마도 수십, 수백 억의 자산가로 스포츠카를 끌고 다니고 빌딩을 갖고 있는 사람이라도 견상 자세를 한 5분 정도만 하면 똑같이 땀을 뻘뻘 흘리기 마련이다. 코브라 자세를 하면 허리가 끊어질 것처럼 아프기 마련이고. 많은 걸 가진 것처럼 생각하지만, 사실상 우리가 가진 건 이 몇몇 자세를 하면 통증을 느끼는 몸뚱어리 하나라는 걸 이 시간이 내게 알려준다.

　"사바 아사나(Shava-asana)" 이 자세 저 자세로 점점 몸이 땀에 젖고 이젠 그만 집에 돌아가고 싶다고 느껴질 때 선생님은 그렇게 외친다. 가만히 매트 위에 바로 누워서 눈을 감은 채 온몸에 힘을 빼고 있는 자세, 바로 '시체 자세'다. "힘을 완전히 빼세요. 내 몸이 매트 안으로 녹아 들어간다고 생각하세요." 그렇게 생각하지 말래도 이미 노곤해진 몸은 매트 안으로 빨려 들어가는 중이다. 선생님이 불까지 꺼주면 순간 이 한 평도 안되는 요가매트가 마치 몸이 딱 들어가는 관 같다는 생각이 든다.

　"내가 어떤 사회적인 어려움이 있더라도, 이렇게 요가

하듯이 살면 될 것 같아. 나 혼자 숨 들이마시고 내쉬고."
함께 요가를 하는 아내가 언젠가 돌아오는 길에 그렇게
말한 적이 있다. 뭔가를 가지려고 아등바등하면서 살아
가지만, 결국 온전한 내 것이란 바로 요가매트 정도의 공
간과 그 위에 누워 있는 내 몸 정도라는 걸, 한 시간 동안
의 요가 자세로 욱신거리는 몸이 알려주는 것만 같다. 그
러니 가끔은 눈을 감고 들숨과 날숨에 집중해 보자. 낡아
서 삐걱대는 것이지만 온전한 내 것이 얼마나 소중한가.
모든 걸 잃는다고 해도 늘 내 것으로 남아 있는.

"내가 훔친 것도 가짜였어."

「안나」

소박한 당신이 더 소중해요

일상의 조각들이 삶을 만들 때

영화 시사회에서 익숙하지만 낯설어진 얼굴을 만났다. "형, 오랜만이에요." 낯설어진 세월의 간극을 '형'이라는 말 한마디로 그가 성큼 뛰어넘었다. "형 글은 가끔 읽어요." "네 작품도 봤다. 좋더라." 그건 진심이었다. 시나리오 작가로 시작해 영화감독이 된 그는 꽤 주목받는 신예였다. 어느 날 너무나 인상 깊은 영화를 보고 나서 글을 쓰려는데, 거기 익숙한 이름이 있어서 적이 놀랐다. 이 작품을 쓴 게 그 친구라고? 대학 졸업 후 영화 시나리오 공부를 하러 다녔던 충무로의 한 교육원에서 만났던 친구였다.

당시에 나는 막연하게도 소설가가 꿈이었다. 하지만 소설로는 먹고살기 어렵다는 생각에 영상 쪽을 기웃거리던 참이었다. 마침 케이블 시대가 열리면서 영상 인력들이 대거 필요해진 상황이었다. 소설 쓰고 시 쓰던 많은 친구들이 그쪽으로 갔고, 그 후로는 어떻게 살고 있는지 알 수 없게 됐다. 나도 다를 바 없었다. 소설을 쓰며 살아가는 현실이 너무나 어려웠고(사실 소설가 지망생에 불과했으니 실제 어려움은 알지도 못했지만) 영화 쪽은 조금 현실적이지 않을까 싶어 관심을 가져봤지만, 이건 소설보다 더 어려웠다. 여럿이 하는 작업이 혼자 하는 것보다 얼마나 더 힘든가를 그때 절감했다. 결국 시나리오 한두 편을 쓴 것 말고는 별 소득도 없이 나는 취직을 했다.

소시민의 삶이었다. 결혼해 직장을 다니고 아이를 키우며 살아가면서도 나는 늘 저편 세계를 꿈꾸었다. '이건 내가 아냐. 나는 소설가가 될 거야. 나는 영화 시나리오 작가가 될 거야. 이건 잠깐 그곳을 향해 지나가는 길일 뿐이야.' 나는 이것은 가짜이고 그것이 진짜 나라고 생각하곤 했다. 그래서 콩나물 시루 같은 출퇴근길을 오가고, 어쩔 수 없이 일 때문에 해야 하는 술자리에서 한껏 즐거운

척 흥을 돋우고, 커가는 아이만큼 만만찮게 커져가는 비용을 감당하기 위해 갖가지 밥벌이 글을 쓰면서도 버틸 수 있었다. 이런 소시민의 삶이 진짜 나라면 견딜 수 없을 것 같아서였다.

간간이 함께 소설을 썼던 이들이 등단했다는 소식이 들려왔고, 책을 내 베스트셀러 작가가 됐다는 이야기도 들렸다. 또 영화 시사회에서 만났던 영화 감독처럼, 그때 그 어렵던 교육원을 함께 다녔던 이들 중에는 꽤 잘나가는 영화 시나리오 작가, 독립영화 감독이 된 친구들도 있었다. 그들이 소설을 쓰고, 영화 시나리오를 쓰고, 영화를 만들 때 나는 사보에 기사를 쓰고, 별로 보지도 않는 영세한 전문지의 편집장을 하고, 간간히 누군가의 대필을 해 돈을 벌었다. 그러면서도 이건 내가 아니라고 생각했고, 그 생각이 나를 버티게 해줬다.

"사람은 혼자 보는 일기장에도 거짓말을 씁니다. 하지만 진실은 간단하고 거짓은 복잡합니다. 왜 살아야 하는지 아는 사람은 그 어떠한 상황도 견딜 수 있습니다. 그렇게 견디면 기회는 반드시 옵니다. 항상 그랬어요. 난 마음

먹은 건 다 해요." 「안나」에서 거짓으로 타인의 삶을 훔쳐 살던 유미가 했던 대사처럼 진실은 간단했지만 거짓은 복잡했다. 내 삶의 진실은 누가 봐도 소시민의 그것이었다. 하지만 그것을 진실이라고 받아들이지 못하는 심사는 복잡했다. 소시민의 삶이 나의 진짜라고 받아들이는 순간 무너져버릴 것 같았으니 말이다.

결국 소설이나 시나리오를 쓰지는 못했지만, 그 언저리를 뱅뱅 돌며 평론가로서의 삶을 살게 됐다. 그건 마치 간단한 진실과 복잡한 거짓 사이의 타협점 같았다. 하지만 이 타협점의 일을 하면서, 멀리서 보면 막연히 우리와는 다른 삶을 살 것 같은 성공한 예술가들 역시 가까이서 보면 우리와 그다지 다를 바 없다는 걸 조금씩 알게 됐다. 그 영화감독도 그랬다. 시사회가 끝나고 소주 한잔 하자고 해서 함께 간 근처 선술집에서 그는 자신이 그 자리까지 가면서 겪었던 결코 쉽지 않은 현실과의 타협들을 이야기해 줬다. 먹고살기 위해 심지어 만화 스토리까지 썼다는 그가 소주 한잔을 털어넣는 모습에 쓸쓸했을 삶이 느껴졌다.

그 소시민적 삶에 대한 공감 때문이었을까. 술에 취한

우리는 마치 젊은 시절 교육원에서 합평회를 하듯 영화 이야기에 빠져들었다. 그러다 그 친구가 문득 짐 캐리의 연기 이야기를 꺼내놨다. 어느 배우들이 모인 좌담회에서 "당신은 왜 연기를 하는가"라는 질문이 던져졌는데, 다들 "연기를 너무 사랑해서" 같은 뻔한 답변을 할 때 짐 캐리가 이렇게 말했다는 거였다. "저는 부서진 사람이기 때문입니다(I act because I'm broken)" '부서진 사람'이라는 말이 가슴을 쿡 찔렀다. 무엇이 부서졌다는 걸까.

짐 캐리는 혹독한 무명 시절을 보낸 배우로 유명하다. 일거리가 없어 노숙이 일상이었고 버려진 차 안에서 자고 공중화장실을 이용했으며 햄버거 하나로 세 끼를 때우기도 했다고 한다. 그는 반드시 스타가 되겠다는 일념으로 스스로에게 천만 달러짜리 수표를 써서 지갑에 넣고 다니며 3년 안에 꼭 천만 달러를 받는 배우가 되겠다고 매일 다짐했다고 하는데 결국 그런 배우가 된 후에는 이런 말을 남겼다. "저는 모든 사람들이 한번 부자가 되어보고 유명해져 봤으면 좋겠습니다. 그래야 그게 답이 아니었다는 것을 깨달을 테니까요(I wish everyone could be rich and famous, so they would know that it is not the answer)."

소시민의 삶은 마치 하루하루를 그저 버텨내고 갉아먹는 것처럼 느끼게 만든다. 하지만 그 일상들의 부서진 조각들은 어느 순간 그 경험과 생각들이 모여 그가 살아온 삶의 무게를 만들어낸다. 자신에게서 부서져 떨어져 나갔다 여겼던 그 조각들이 사실은 더할 나위 없는 소중한 삶이었다는 걸 우리는 늘 뒤늦게 알아채곤 한다. 순식간에 술에 취한 내 머릿속으로 우스꽝스러워 보이지만 어딘가 페이소스가 느껴지던 짐 캐리의 모습이 아른거렸다.

"가져, 자네 거야. 우리는 깐부잖아.

기억 안 나? 우리 손가락 걸고 깐부 맺은 거.

깐부끼리는 네 거 내 거가 없는 거야.

그동안 고마웠네. 자네 덕분에 잘 있다가 가네.

괜찮아. 다 괜찮을 거야."

「오징어 게임」

때론 깐부처럼

혼자라고 느낄 때

'형, 오늘 번개 할래요?' 불쑥 유 대표의 톡이 왔다. '갑자기 웬 번개?' 그렇게 물으면서도 마음은 벌써 종로3가에 가 있다. 우리의 번개 아지트는 종로3가 5번 출구 앞 흑산도다. 홍탁집인데, 물론 홍어는 흑산도가 아닌 아르헨티나에서 온 홍어다. 그런데 아주머니가 기막히게 잘 삭혀서 흑산도 홍어처럼 맛있다. 그걸 한 점 소금을 찍어 입에 넣고는 시원한 막걸리 한 사발을 꿀꺽 삼키는 상상을 하니 벌써부터 입에 침이 고였다.

'오늘 약속이 하나 있었는데 빵꾸가 나서요. 시간 되

면 함 보시죠.' 사실 유 대표와 나는 친구 사이는 아니다. 10년 전 그가 갑자기 일산까지 나를 만나러 왔다. 처음에는 믿음이 가지 않았다. 헤비메탈에나 어울릴 법한 긴 머리를 어깨까지 늘어뜨린 채 손을 조심스럽게 맞잡고 내게 찾아온 이유를 설명했다. 자기가 회사를 하나 차리려는데, 고정 칼럼을 써달라는 거였다. 사실 평상시라면 고민 좀 해보겠다며 넘겼을 일이지만, 이상하게 마음이 갔다. 어울리지 않게 손에 들고 있는 케이크가 그랬다. 그렇게 그와 일을 시작해 10년이 흘렀다. 그러니 엄밀히 말하면 '형 동생' 할 사이는 아니다. 회사 대표와 프리랜서 사이지.

하지만 그 세월을 함께 겪으며 우린 비즈니스 관계를 훌쩍 넘어섰다. 어느 날인가 흑산도에서 막걸리를 마시며 유 대표는 자신이 나의 매니저라고 얘기하기도 했다. 아마 이준익 감독의 「라디오스타」 이야기가 나왔던 것 같다. "박중훈이 형이고요, 난 안성기." 영화 속 그들의 관계도 단지 퇴물이 된 스타와 매니저의 비즈니스 관계는 아니었다. 우리는 어느새 약속이 빵꾸 났으니 대타로 번개를 하자는 말도 할 수 있는 사이가 됐다.

분명 일로 엮인 사이지만 나는 일하는 느낌을 별로 받지 않았다. 내가 다른 일이 있어 편의를 봐달라고 해야 할 때마다 그는 선선히 받아줬고, 때로 그가 내게 부탁을 해올 때 나 역시 그걸 별 어려움 없이 받아들이곤 했다. 또 그는 진짜 매니저처럼 다른 일들도 내게 알려주고 연결해주기도 했다. "형이 잘 돼야 나도 잘되는 거예요. 우리 회사 대표 선수니까." 때론 멘탈 관리도 해줬다. "그런 얘기들 너무 신경 쓰지 마요. 뭘 모르고 하는 소리들이니까." 그렇게 우린 10년을 함께했다.

우린 별다른 이야기를 안 해도 통하는 사이가 됐지만, 세상은 빠르게 변해갔다. 안정적으로 꾸준히 글을 쓰자 제법 인지도가 생겼는데 거기에는 유 대표의 지분도 꽤 있었다. 그래서 비즈니스 관계라면 매년 원고료 인상 같은 걸로 협상을 벌여야 했지만, 나는 굳이 그러고 싶지 않았다. 10년간 원고료는 그대로였는데 유 대표는 그걸 고마워하면서도 미안해했다. 나이가 들어가며 어깨가 아프기 시작하고, 매체 환경이 바뀌어 예전만큼 글의 파급력이 떨어지기 시작하면서 원고량을 반으로 줄였을 때도 유 대표는 원고료를 깎지 않았다. 「오징어 게임」의 그 유

명한 대사가 꼭 우리 같았다. '우린 깐부잖아.'

일로 만나는 사이에서 나를 부르는 호칭은 여러 가지다. 평론가님, 작가님, 선생님 등등. 그런데 그런 호칭에서 어느 순간 형이라는 호칭으로 바뀌는 경우가 종종 있다. 물론 그중에는 '깐부인 척' 하며 무언가 원하는 건 따로 있는 이들도 적지 않다. 그래서 어떤 시간의 공유 없이 경계를 넘어오는 친밀함에는 불편함이 느껴져 오히려 내 쪽에서 선을 긋는 경우도 많다. 넘어오지 마. 넘어오는 건 다 내 거.

하지만 지나친 비즈니스가 아니라면 그런 형 같은 호칭이 나쁘지는 않다. 어색함을 애써 깨기 위해 부르는 그런 호칭이 이 전쟁 같은 세상에서 잠깐이나마 무장해제를 하고 이야기를 나누게 할 수 있는 여지도 만들어주니 말이다. 심지어 10년 세월을 함께 보냈다 해도 유 대표와 내가 형과 동생 같은 관계라고 말하긴 어려울 게다. 그래도 새끼손가락 걸고 엄지로 도장 찍으며 '깐부 하자' 했던 그 마음이 아직까지 여전한 것이 고맙기 이를 데 없다.

어깨까지 내려오던 유 대표의 머리칼은 어느새 드문드문 하얗게 변해가고 있다. 그래서 흑산도에 나랑 마주 앉아 마시는 그의 모습을 본 누군가가 "둘이 불륜 같아요"라고 말하기도 했다. 그렇지. 비즈니스 관계의 그 선을 넘긴 관계인 것만은 분명하지. 막걸리 한잔을 마시고 고춧가루가 뿌려진 소금을 찍어 입에 넣은 홍어가 적당히 곰삭았다. 한때는 바다 어딘가를 헤엄쳐 다녔을 녀석이 어느 착한 어부에게 잡혀 이역만리를 넘어와 흑산도 아주머니의 손길에 의해 삭혀졌지만 그 시간과 과정들이 녹아 적당히 톡 쏘고 감칠맛을 내는 홍어처럼, 우리의 관계도 곰삭아가기를.

우리는 깐부잖아,
깐부끼리는
네거 내거가
없는거야.

"내 인생이 완벽한 줄 알았어.

집에서는 비록 먹이사슬의 맨 아래 있었지만

밖에 나가면 알아주는 대학병원 교수 남편에,

우등생 아들 딸 가진 부잣집 사모님.

지금은 비록 전업주부지만

나도 알고 보면 의대 출신 엘리트라는 우월감?

어깨가 으쓱했지.

세상의 잣대에 비춰 한 점 꿀릴 것 없는

상류층 삶이라고 생각했으니까.

근데……. 죽다 살아나 보니까 다 필요가 없더라."

「닥터 차정숙」

살아서 다행

각성이 필요하다 여겨질 때

난 죽을 뻔했던 경험이 있다. 초등학생 때였다. 운동장 스
탠드 맨 위쪽에서 단짝 친구와 가위바위보를 하며 놀고
있었는데, 갑자기 무언가가 내 오른쪽 어깨를 확 밀었다.
중심을 잃고 왼쪽으로 기울어진 몸을 어떻게든 세워보
려 왼발로 스탠드 아래 계단을 짚었지만 이내 몸이 뒤집
어졌다. 밑으로 열 개 정도 되는 스탠드 계단이 있었는데,
그 모서리들에 얼굴과 몸 어딘가를 부딪치며 굴렀고 결
국 운동장으로 떨어졌다. 순간 죽었다고 생각했다. 너무
나 조용했고 전혀 아프지도 않았다. 그리고 뭔가 운동장

에 있는 모든 아이들의 시선이 내게 집중된 느낌이었다. 많은 아이들이 내게 모여들어 나를 내려다봤고, 나는 까무룩 정신이 아득해졌다.

얼마나 시간이 흘렀을까. 깨어나 보니 양호실이었다. 아직도 나는 무슨 일이 벌어진 것인지 어안이 벙벙했다. 스탠드 맨 위쪽에서 굴렀고 그래서 온몸이 계단에 부딪히고 긁혔는데 이상하게 별로 아프지도 않았고 느낌도 별로 없었다. 다만 얼굴이 너무나 뜨겁게 느껴졌다. 그래서 거울을 돌아봤는데 거기 이상한 사람이 놀란 얼굴로 나를 보고 있었다. 오른쪽 얼굴 광대뼈가 퉁퉁 부어서 튀어나와 있었다. 나 같지가 않았다.

조용한 걸 보니 이미 학교 수업은 끝난 듯 보였다. 담임 선생님께서 오셔서 "괜찮냐"고 물었다. 나는 뭐라 할 말이 없어서 "괜찮다"고 말씀드렸다. 자초지종을 알려주셨다. 종민이가 나를 스탠드 꼭대기에서 밀었다는 거였다. 전에 짝이었던 친한 친구였는데, 짝이 바뀌면서 소원해졌던 친구였다. 자기 대신 바뀐 짝과 친하게 지내는 내가 미웠던 모양이었다. 하지만 이렇게까지 하려고 한 것도 또 이렇게 될 것도 전혀 몰랐다며 눈물을 펑펑 흘렸다고 했다. 그렇겠지. 잘못하면 죽을 수도 있는데 그걸 알고 밀지는 않았겠지.

내가 걱정된 선생님이 집에 데려다주겠다고 했다. 나는 괜찮다고 했지만 선생님은 굳이 책가방을 챙겨와 들고 앞장서서 양호실을 나가셨다. 따를 수밖에 없었다. 죽다 살아난 것이나 마찬가진데(물론 그때는 죽는다는 걸 전혀 실감하지 못했다) 이 꼬마는 선생님과 함께 집에 가는 일이 걱정됐다. 내가 사는 곳은 허름한 아파트 7층으로 엘리베이터도 없었다. 아파트 앞에는 돼지머리를 놓고 편육이며 순대를 삶아 파는 국밥집 겸 술집이 늘어서 있어서 늘 돼지 냄새가 진동을 했다. 아파트 각층에 쓰레기를 버리는 작은 문이 달린 구멍이 있어 그곳에 쓰레기를 버리면 맨 밑 쓰레기장으로 떨어졌는데, 음식물부터 각종 쓰레기들이 뒤죽박죽 섞여 썩는 냄새가 아파트 전체에 진동했다. 그곳에는 쥐들이며 바퀴벌레들이 서식했고 가끔은 계단 위로 튀어나와 나를 놀라게 했다. 그걸 선생님에게 보인다고? 너무 싫었다.

7층까지 오르는 계단은 그 어느 때보다 길게 느껴졌다. 묵묵히 나를 따라 오르시던 선생님도 "되게 높은 데

사는구나?"라고 말씀하셨다. 그렇게 올라 도착한 집에는 아무도 없었다. 아직 형과 누나가 집에 올 시간이 아니었다. 선생님은 현관 입구에서 오른편에 석유 곤로와 냄비 등이 있는 작은 부엌을, 또 왼편에 있는 화장실을 그리고 앞쪽에 반이 나뉘어 있는 방들을 대충 훑어본 후 어머님은 어디 가셨냐고 물었다. 아마도 자초지종을 설명하고 싶으셨을 게다. 어머님은 시골에 일 보러 가셨고 며칠 있어야 오실 거라고 말씀드렸다. 말없이 고개를 끄덕이신 선생님은 몸조리 잘하라는 말을 남기고 돌아가셨다.

나는 안티푸라민을 꺼내 얼굴에 발랐다. 화끈화끈하고 화한 느낌에 얼굴이 욱신욱신했다. 저녁에 돌아온 형과 누나는 내 얼굴을 보고는 어떻게 된 거냐고 물었다. 진짜 죽을 수도 있었던 건 다 잊어버린 채 나는 마치 무용담이라도 말하듯 과장을 섞어 그때 상황을 늘어놨다. "그냥 넘어졌으면 머리가 부딪쳐서 깨졌을 거야. 근데 내가 누구야. 엄청난 순발력으로 왼발로 스탠드 계단을 몇 개 탕탕 치면서 내려왔어. 결국 구르긴 했지만 그렇게 해서 충격이 덜했던 거지." 어려서 놀다가 연필에 찍혀 왼쪽 눈 아래에 연필심이 박혔던 사건(?)까지 들먹이며 이제 오른쪽, 왼쪽 얼굴이 균형이 맞게 됐다는 얼토당토않은 이야기까지 꺼내놨다.

　지금 생각해 보면 아찔한 순간들이었다. 진짜 죽을 수도 있는 일들이 적지 않았다. 스탠드에서 굴러떨어질 때 머리를 박았다면 어떻게 됐을까. 또 연필이 조금 위쪽에 찍혔다면 내 눈은? 한 번은 친구가 모는 자전거 뒤에 타서 경사진 곳을 빠른 속도로 내려온 적이 있는데 무슨 호기가 생겼는지 뛰어내렸다가 앞으로 고꾸라져 왼쪽 팔이 부러진 적도 있었다. 그때도 머리로 박았거나 혹여나 지나는 차가 있었다면 심각한 상황이었을 게다.

　하지만 사람은 참 이상한 것이 죽다 살아난 경험도 결국 살아남게 되면 별 거 아닌 것처럼 생각하는 경향이 있다. 물론 충격적인 일은 트라우마로 남아 지워지지 않지만(그래서 스탠드 위에 올라서는 걸 별로 좋아하지 않는다) 지나면 또 영원히 죽지 않고 살 것처럼 살아간다. 심지어 그걸 무용담처럼 기억하고 이야기하면서.

　"죽다 살아나 보니까 다 필요가 없더라."「닥터 차정숙」에서 의사 남편 내조하며 20년을 전업주부로 살아왔던 차정숙은 간 이식 수술을 받아야 살 수 있는 상황을 겪으며 각성한다. 믿었던 남편조차 간 이식을 해주는 걸 두고 갈등하는 모습을 보면서 의사 아내로서 그럭저럭 만족하며 살아가던 삶이 다 무의미하게 느껴진 것이다. 죽음에 대한 실감은 이처럼 자신의 삶이 보다 소중하다는 걸 알게 해준다. 그래서 그 삶을 바꿔놓을 수 있는 힘이 있지만 우리는 이를 그저 지나치면서 별 게 아닌 것처럼 생각하며 살아간다. 하지만 죽을 수도 있는 위험천만한 일들은 우리 가까이 늘 있지 않을까.

난 죽을 뻔했던 경험이 있다. 아마 여러분들도 그럴 것이다.

"때로는 나도 저들처럼 사는 것은 어떨까 생각합니다.
마음 편히 웃고, 울고 싶을 땐 마음껏 울기도 하고 말이지요.
궐에서는, 내 자신에게조차 솔직할 수가 없으니.
나는 평생 경쟁하면서 살아왔습니다.
기대에 부응하기 위한 삶을 살았고,
앞으로도 그런 삶을 살게 되겠지요.
사람들은 세자인 나를 부러워할지도 모르지만,
나는 여기 있는 저 사람들이 부럽습니다.
누구에게도 눈치 보지 않고 저리 마음껏 행복할 수 있으니."

"그리하시지요, 저하. 오늘처럼 웃으시고,
때론 우셔도 됩니다. 제 앞에서는 말이지요."

"고마웠습니다. 정 사서 덕분에,
단 하루라도 행복할 수 있었으니."

「연모」

맘껏 웃고 맘껏 울어요

감정을 맘껏 꺼내놓고 싶을 때

"무슨 일 있어?" 퇴근해 돌아온 아내가 묻는다. 어떻게 안 걸까? 아무런 표정도 없이 드라마를 틀어놓고 보는 척하고 있었는데, 그런 내게서 아내는 귀신 같이 안 좋은 기분 같은 걸 알아차린다. 매주 고정적으로 찍는 방송에서 무리한 원고 수정을 요구해 왔다. 방송 프로그램을 문화적 관점에서 비평하는 코너인데, 그래서 원고를 내가 직접 써서 찍을 수밖에 없는 방송이었다. 그런데 때때로 무리하게 수정 요구를 해올 때면 마치 내 생각을 난도질 당한 것 같은 기분에 빠져든다. 이럴 거면 왜 나보고 원고까지 직접 써서 하라는 건지 이해하기가 어려워진다.

하지만 사회생활이라는 게 늘 그렇듯, 그런 감정을 내색하지 않고 "알겠습니다"라고 말했고, 오후 내내 썼던 원고를 고쳐서 다시 보내줬던 참이었다. 나는 아내가 묻기를 기다렸다는 듯이 수정 원고를 쓰며 꾹꾹 눌러놓았던 감정들을 터트린다. 마치 저들에게 할 이야기를 아내를 통해 쏟아내듯이 감정들을 드러낸다. 평소 별 감정을 드러내지 않고 아무렇지도 않은 듯 살아가던 고요한 집안 공기 위에 간만에 감정 섞인 말들이 떠다닌다. "뭐 그런 사람들이 다 있어?" 씩씩대는 내가 스스로 느껴질 때, 나는 문득 내가 낯설어진다. 내 안에 이렇게 감정들이 요동치는데 '타격감 제로'인 척 무표정하고 무감정한 얼굴로 살아가는 내가.

가끔 그런 날이 있다. 뭐 특별한 일이 벌어진 것도 아닌데 마음이 울적하고 괜스레 울고 싶어지는 그런 날. 그럴 때는 한증막에 소설책을 들고 간다. 그리고 그 안에서 소설을 읽는다. 빨리 읽는 게 아니라, 아주 천천히 한 줄 한 줄 음미하며 읽는다. 아마도 울기로 작정하고 그곳을 찾았기 때문일 게다. 그렇게 글줄에 빠지다 보면 소설 내용과 상관없이 그 글을 쓴 사람의 마음이 느껴져 나도 모르게 벅찬 감정이 치밀어 오르곤 한다. 뜨거운 한증막의 열기가 송글송글 얼굴에 땀을 맺히게 할 때 흘러내리는 눈물은 땀과 뒤섞여 정체를 숨긴다. 수건으로 땀을 닦듯 눈물을 닦아내도 사람들은 그다지 신경 쓰지 않는다.

그렇게 한바탕 땀과 뒤섞인 눈물을 쏟아내고 한증막을 나오면 한결 가벼워진다. 마치 내 몸 안에 차곡차곡 채워져 이제 수위를 넘기려던 수분이 빠져나간 기분이랄까. 그 수분은 무표정과 무감정이 당연한 것이라 여기는 사회생활에서 속으로 쌓인 찌꺼기들이다. 누군가 무심코 던진 말에 상처받았던 마음과, 때론 누구의 의도도 아닌데 무시당했던 감정과, 열심히 살아가고 있는데도 좀체 나아지지 않는 것 같은 답답함, 당장 하고 싶은 건 여기가 아닌 저편 어딘가에 있는데 여전히 여기에서 벗어나지 못하고 허우적대고 있는 듯한 갑갑함. 그런 것들이 속으로 차곡차곡 쌓여져 생긴 수분이다.

"오늘 좀 기분이 안 좋았어." 그나마 다행이고 행운인 건 그런 일들을 이렇게 털어놓을 수 있는 사람들이 있다는 점이다. 바깥에서는 누가 뭐라고 해도 '타격감 제로'인 척, 아무런 내색을 안 하지만 집으로 돌아오면 나는 조잘 대는 참새처럼 아내에게 시시콜콜한 이야기까지 털어놓는다. 그러면 고맙게도 아내는 차근차근 내 이야기를 들어주며 때론 "그렇지", "맞아" 같은 동의와 공감의 리액션을 해주곤 한다. 그러고 나면 내 안에 가득했던 수분이 조금은 날아가 버린다. 때로는 오랜 친구와 만나 술 한잔 하면서 불안한 고민들을 털어놓기도 한다. 그러면 고맙게도 친구들은 "괜찮아. 마셔 마셔!" 하며 불안해하는 나를 위로해 준다. 세상 걱정이 술 한잔에 날아가 버린다.

사회생활을 하면서 감정을 드러내는 일은 불이익으로 돌아오기 마련이다. 그래서 어려서는 그토록 잘 웃고 잘 울던 사람이 나이가 들어갈수록 포커페이스가 되어간다. 자신의 패를 들키면 이 판에서 이길 수 없다는 걸 아는 우리들은 어떤 패가 들어와도 내색을 하지 않으려 한다. 그래서 영화를 보거나, 드라마를 볼 때 과장되게 웃고 때론 몰래 눈물을 훔치는 것이 그 작품 때문인가 싶어질 때가 있다. 작품이 너무 웃기고 눈물 나서 감정을 드러내는 게 아니라, 그런 감정을 마음껏 드러내기 위한 핑계로 작품들이 있는 게 아닌가 하는.

그런 감정들을 꺼내놓을 수 있는 공간이나 순간 혹은 사람들이 소중하게 느껴진다. 때론 신나게 노래하고 싶어 노래방을 찾듯이, 꾹꾹 눌러놓은 감정들이 수위를 넘어 넘쳐흐르려 할 때 저마다 찾아갈 수 있는 소중한 공간과 순간과 사람들이 있다는 건 얼마나 행운인가. 만일 당장 그런 걸 찾기 어렵다면 가까운 한증막이라도 찾을 일이다. 소설책 하나 챙겨 들고. 홀로 드라마나 영화 한 편이라도 볼 일이다. 단단히 채워놨던 감정의 빗장을 열어놓고.

"뭐 하나만 질문 드려도 돼요?
쌤 말씀대로 쌤이 저 30분만 봐주셔도 5천만 원인 셈인데,
그런데 저 왜 봐주시는 거예요?
저희 엄마 도시락은 만 원도 채 안되는데."

"계산 빠르네. 금방 늘겠어.
가격과 가치는 다른 거잖아.
나는 그 도시락에 그만큼의 가치를 부여한 거고.
너도 내 시간을 그렇게 만들어주길 바라.
나는 무조건 최선을 다할 테니까
너는 5천만 원 이상의 결과를 끌어내 보라고."

「일타 스캔들」

네 가치는 가격으론 못 매겨

세상이 매기는 가격에 의기소침해질 때

'그래서 원고료가 얼마인가요?' 입 안에서 이 말이 계속 맴돈다. 하지만 수화기 저편에서는 이번 칼럼의 취지와 의미가 뭔가를 줄줄이 이야기하면서도 정작 프리랜서 평론가의 주 관심사일 수밖에 없는 '가격'은 잘 이야기하지 않는다. 원고료가 형편없는 걸까. 아니면 흥정을 하려는 걸까. 별의별 생각을 다 하다 결국 참다 못한 내가 먼저 입 안에서 뱅뱅 돌던 말을 꺼내놓는다. "원고료는 얼마죠?"

직장에서 월급 받으며 살다 퇴사해 프리랜서로 평론가의 길에 들어섰을 때만 해도 누군가 원고 청탁을 해주는 것 자체가 고마웠다. 그래서 '원고료'라는 단어조차 꺼내놓지 않았다. 게다가 원고 하나당 5만 원에서 심지어 3만 원 정도까지 하던 당시의 내 보잘것없는 '글값'을 굳이 묻기가 무안하고 민망하기도 했다. 자기 합리화가 일상이었다. 주면 주는 대로 받겠다. 난 이 가격으로 내 가치가 평가받는 그런 사람은 아니다. 그러니 이건 일종의 기부 같은 것이다. 재능기부…… 젠장.

하지만 그렇게 어언 20년 넘게 한 분야에서 일을 하면서 내 '글값'도 올랐다. 대단히 오른 건 아니지만, 그래도 초창기와 비교하면 그때 왜 내가 그런 식으로 자기 합리화를 했을까 싶을 정도는 된다. 그래서일까. 그때는 애써 묻는 걸 피하며 '가격이 나의 가치를 말해주지 않는다'에 둘러 강변했던 나와는 완전히 상반된 내 모습을 발견하고 놀라곤 한다. 일이 들어오면 먼저 고료가 얼만지부터 묻는 나 자신을 프로페셔널하다고 봐야 할지 아니면 속물이라고 봐야 할지, 어허.

"연봉이 얼마야?" 간혹 술자리에서 누군가 술에 취해 하지 말아야 할 금기의 질문이 툭 튀어나오면 우리는 두

종류의 반응을 보인다. 의기양양해지거나 의기소침해지거나. 그러면서 머릿속에 숫자가 떠오른다. 그 숫자는 '나'의 가격이다. 사회생활을 하는 우리 모두는 이 가격으로 매겨진다. 직장인들은 월급이, 운동선수들에게는 이적료니 연봉이니 하는 것들이 그것이고, 배우나 가수 같은 연예인들에게는 출연료가 그것이다. 어쩔 수 없는 자본주의의 삶. 언젠가부터 우리는 스스로에게 가격표를 적극적으로 붙이기 시작했다. 심지어 '몸값'이라는 표현을 스스럼없이 하기도 하는데, 이 표현에는 어쩔 수 없는 현실 앞에서의 포기와 그래서 이제는 보다 더 적극적으로 가격을 높이는 걸 추구하겠다는 능동적 선택이 담겨 있다.

「일타 스캔들」에는 '1조 원의 남자'라 불리는 일타강사가 등장한다. 엄청난 몸값으로 매겨지는 그지만, 그는 갖가지 스트레스 때문에 통 잘 먹지도 자지도 못한다. 그런데 어느 날 우연히 먹게 된 한 반찬가게 음식에 매료되고, 마침 그 반찬가게 딸이 자신의 강의를 들으려 한다는 걸 알게 된 일타강사는 파격적인 제안을 한다. 그의 딸에게 일대일 과외를 해줄 테니, 자신에게 도시락을 싸달라는 것. 그 딸은 너무나 좋아하면서도 의아해진다. 만 원도 안

되는 엄마 도시락을 받고, 30분만 봐줘도 5천만 원짜리인 과외를 해주다니. 일타강사는 말한다. "가격과 가치는 다른 거잖아."

프리랜서로 막 일하기 시작했을 때 전 직장 홍보팀에서 의뢰한 원고 청탁으로 서영남 씨가 운영하던 민들레 국수집을 찾아갔던 적이 있다. 아무것도 없이 무작정 가난한 이들을 위해 국수집을 열었다는 서영남 씨는 '가치 있는 일'은 기적을 만든다는 걸 경험했다고 했다. 말 그대로 빈손이었지만 필요할 때마다 주변에서 밀가루나 채소를 갖다주는 이들이 끊이지 않았고, 무료 급식소지만 때때로 주머니에 있는 대로 돈을 놓고 가는 일용직 노동자들도 적지 않았다고 한다.

그 미담을 더 많은 사람들의 가슴에 옮겨주고 싶어서였을까. 그 먼 인천까지 찾아가 인터뷰하느라 하루를 홀랑 쓰고 그 미담을 글로 풀어내기 위해 단어 하나하나 고심했던 시간들이 전혀 아깝지 않았다. 원고료가 참 보잘것없어 묻지도 따지지도 않고 청탁이 들어오면 하던 시절, 주머니는 헛헛했지만 마음은 포만감으로 넉넉했다. 하루도 버티기 힘들어 보였던 국수집은 어언 20년을 넘겼다. 그 20년간 가격이라는 수치로는 계산될 수 없는, 따뜻한 국물에 말아준 넉넉한 국수의 온기로 수백, 아니 수천 명이 행복의 포만감을 느꼈을 테다.

글값과 몸값이 오른다고 헛헛한 마음이 사라지는 건 아니다. 세상엔 가격으로는 매길 수 없는 가치들이 있으니까. 그러니 혹여나 세상이 부르는 가격 앞에 의기소침할 필요는 없다. 당신의 존재 자체가 갖는 가치는 결코 가격으론 못 매기니까.

"백이진. 나야. 희도.
네가 사라져서 슬프지만 원망하진 않아.
네가 이유 없이 나를 응원했듯이
내가 너를 응원할 차례가 된 거야.
네가 어디에 있든 네가 있는 곳에 내 응원이 닿게 할게.
내가 가서 닿을게. 그때 보자."

「스물다섯 스물하나」

멀리서나마 응원할게요

응원의 목소리를 전하고 싶을 때

양복 차림의 그 남자를 알게 된 건 하루 한 번 저녁 시간의 루틴이 겹쳐서였다. 역류성 식도염 때문에 병원에 갔더니 늘 긴장하는 습관이 안 좋다고 해, 저녁 먹고 소화도 시킬 겸 산책하는 루틴을 만들었다. 아파트를 한 바퀴 빙 돌아 뒤편으로 가면 꽤 넓은 잔디밭이 있는데 거기 있는 벤치에 앉아 이어폰으로 클래식을 듣는 게 내 루틴이었다.

손열음이 연주하는 모차르트를 듣고 있는데 저편에 그 남자가 눈에 들어왔다. 단정한 양복 차림으로 왼손에는 서류 가방이 들려 있고 오른손에는 담배가 들렸다. 금연 아파트라 흡연자들이 담배를 피울 수 있는 곳이 거의 없었다. 그곳이 유일한 흡연구역인 듯 싶었다. 다소 어둡고 외신 그곳에서 남자가 담배를 빨아들일 때마다 빨간 담뱃불이 조금 커졌다가 줄어들었다. 그건 마치 신호를 보내는 것 같았다.

그렇게 몇 차례 저녁 시간에 그 남자를 봤다. 나는 모차르트를 들었고 그는 담배를 태웠다. 때때로 오지 않는 날도 있었다. 그럴 때면 나는 괜스레 그 빈자리가 신경 쓰였다. 그러다 다시 나타나는 날에는 마치 빼먹었던 루틴을 완전히 채워넣은 것처럼 마음이 편안해졌다. 왜 그랬는지 모르지만 그 남자의 행색이 신경 쓰였다. 걷는 모습이 너무나 지쳐 있어서였을 수도 있고, 목을 졸라 맨 넥타이가 그의 일상을 말해주는 것처럼 보여서였을 수도 있다. 아니면 담뱃불이 보내는 신호가 '구조신호'처럼 보여서였을 수도. 나는 그를 응원하고 있었다. 힘내요.

어느 날은 전화 통화를 하며 연거푸 담배를 피우기도 했다. 이제 업무 시간은 다 끝났을 텐데 무슨 통화를 저리 할까. 목소리가 조금 커져서 내가 앉아 있는 벤치에까지 들릴 때도 있었다. 누구와 이야기하는 걸까. 직장 상사

일까. 아니면 사업 파트너일까. 아니 가족일 수도 있었다. 무언가 마음대로 되지 않는 어떤 관계 혹은 일. 나의 상상은 함부로 날뛰고 있었다. 그럴 때면 단정하고 빈틈없는 손열음의 모차르트가 무심하게 느껴지기도 했다.

문득 '궤도'라는 단어가 떠올랐다. 저 남자가 지나온 하루의 루틴과 내가 보내는 하루의 루틴이 저마다의 궤도를 돌고 있었다. 샐러리맨으로 하얀 와이셔츠에 땀내가 날 정도로 회사에서 일하는 남자의 궤도가 그려졌다. 프리랜서로 하루 종일 밀린 청탁원고들을 쓰다가 저녁이 되어 잠시 숨을 고르는 나의 궤도와는 사뭇 달랐다. 하지만 그 시간에 그 장소는 서로 다른 궤도를 돌던 두 우주가 잠시 스치는 순간이라는 생각이 들었다. 망망대해에서 우연히 마주하게 된 배들의 선원들이 서로 누군지 모르면서도 멀리서나마 경례를 올리는 광경이 떠올랐다. 아마도 그들은 멀리서나마 응원하는 마음이었을 게다. '육지까지 당신의 무사 귀환을 응원합니다.'

'멀리서나마 응원합니다.' 아주 가끔 있는 일이지만 드라마 작가분이 글을 잘 읽었다며 문자메시지를 보내올 때, 나는 그런 답변을 보내곤 한다. 정작 좋은 작품을 쓴 건 작가분들이고 그래서 오히려 내가 너무 좋은 드라마를 봤다고 고맙다고 해야 할 판이지만, 그래도 내 졸고를 챙겨 읽고 있다는 말을 들을 때는 힘이 난다. 사실 그 졸고조차 쓸 때마다 나는 허공에 대고 외치는 기분이다. 그게 어디에 닿을지 알 수 없는 막막함. 그러니 작가분들이 글을 쓸 때의 마음은 오죽할까. 서로 다른 궤도를 돌던 두 존재의 마주침. 가깝지는 않지만 먼 거리에서 보내는 경례.

응원은 멀리서 올수록, 기대하지 않았던 것일수록, 때론 너무 드러나지 않을수록 더 각별해진다. 가끔 내게도 그런 일이 있다. 연말에 하는 문화 행사에 갔는데, 처음 보는 분이 다가와 불쑥 내 책을 꺼내 들고 수줍게 사인을 청했다. "글 잘 읽고 있어요." 사인을 하고 있을 때 슬쩍 그 사람이 던지는 말에 여전히 내 졸고가 창피하기만 한 나는 어색해하면서도 마음이 훈훈해졌다. 혼자 매번 허공에 대고 외치던 목소리가 저편 어딘가에 닿아 메아리로 돌아오는 느낌이었다.

"네가 이유 없이 나를 응원했듯이 내가 너를 응원할

차례가 된 거야. 네가 어디에 있든 네가 있는 곳에 내 응원이 닿게 할게. 내가 가서 닿을게." 「스물다섯 스물하나」에서 서로 떨어져 궤도가 달라진 어린 연인이 닿을지 알 수 없어도 허공에 대고 하는 그 혼잣말에 가까운 말을 들으며 저거야말로 진짜 응원이라고 생각했던 것 같다. 각자의 궤도를 힘겹게 돌고 있는 가녀린 존재들이지만, 그렇게 자신처럼 다른 이 또한 저마다의 힘겨운 궤도를 돌고 있다는 걸 아는 데서 나오는 응원의 마음. 그래서 그건 어쩌면 스스로에게 하는 응원이기도 할 게다.

그 남자가 궤도를 이탈한 날, 나도 슬쩍 나의 궤도를 이탈했다. 내가 앉던 벤치가 아니라 그 남자가 서 있던 곳으로 발길을 옮겨본다. 가까이 가보니 거기 작은 항아리가 놓여 있다. 입이 깨진 걸로 보아 누군가 버렸던 걸 거기 놓아둔 모양이다. 그 항아리에는 담배꽁초들이 수북히 채워져 있었다. 그 많은 담배를 피운 사람들은 지금 어떤 궤도를 지나가고 있을까. 저편 내가 앉아 있던 벤치가 눈에 들어왔다. 갑자기 20년 전 끊었던 담배가 피우고 싶어졌다.

"너는 봄날의 햇살 같아.
로스쿨 다닐 때부터 그렇게 생각했어.
너는 나한테 강의실의 위치와 휴강 정보와
바뀐 시험 범위를 알려주고,
동기들이 날 놀리거나 속이거나
따돌리지 못하게 하려고 노력해.
지금도 너는 내 물병을 열어주고,
다음에 구내식당에 또 김밥이 나오면
나한테 알려주겠다고 해.
너는, 밝고 따뜻하고 착하고 다정한 사람이야.
봄날의 햇살 최수연이야."

「이상한 변호사 우영우」

너는 봄날의 햇살 같아

새삼 고마워지는 존재가 있을 때

12월에 비라니. 겨울인데 날이 춥지 않다. 보통은 눈발이 날렸을 게다. 그러면 오랜만에 집 밖을 나온 강아지처럼 폴폴 뛰어다녔을 텐데……. 겨울비는 어딘가 무겁다. 기껏 버티고 있는 풀들을 빗방울이 찍어 누른다. 이제 막 기지개를 켜는 꽃들의 얼굴에 화장수처럼 끼얹어지는 봄비와는 사뭇 다르다. 봄비 맞으면 키가 자란다지만, 겨울비 맞으면 고뿔 든다는 말이 있잖은가.

집으로 가는 발길이 급해진다. 급하게 걷고 있는데 불쑥 누군가 우산을 들이민다. 아내다. 웬일이냐고 묻자, 어머니를 바래다 드리고 들어가는 길이라고 했다. 장모님이 오랜만에 시골에 다녀오셨는데, 그곳에서 대파며 애호박 같은 것들을 잔뜩 챙겨줬던 모양이었다. 혼자 들고 가기 버거우셨던지 지하철역에서 아내를 불렀던 거였다.

장모님은 늘 내겐 '비빌 언덕' 같은 든든한 존재셨다. 내색하지 않으셨지만 일부러 우리 집 근처로 이사 오셨고, 첫 아이가 생겼을 때도 또 둘째가 생겼을 때도 기꺼이 아이들을 봐주셨다. 복날에는 삼계탕을 끓여주셨고 대보름이면 어김없이 오곡밥을 챙겨주셨다. 명절에는 가족들이 모두 모여 떠들썩한 술판이 벌어지곤 했는데, 다음날 아침에 얼큰한 육개장을 해장국으로 차려주시기도 했다. 휴가 때 오래 집을 비워놓을 때면 간간히 찾아와 신문을 수거해주시기도 했고, 친척들이 감자며 감귤을 한 상자씩 보내주시면 그걸 꼭 나눠주시기도 했다. 하지만 무엇보다 고마운 건 독실한 천주교 신자이신 장모님이 모태 불교 신자인 나를 위해 늘 기도해주셨다는 거다.

시골 살 때는 자주 절에 갔다. 하지만 도시로 오니 절 찾기가 어려워 통 가질 못했다. 젊어서는 종교에 그다지 관심을 두지 않았는데, 나이 들면서 기력도 떨어지고 마음도 약해져 참으로 세속적인 마음에 '비빌 언덕'이 필요해졌다. 그래서 시골에 계신 어머님에게 전화를 했더니 선뜻 가까이 있는 성당이라도 나가라고 하셨다. 그렇게 성당에 나갔고 세례를 받았다. 세례명은 아침 닭이 울기도 전에 세 번이나 예수님을 부정했다는 베드로로 정했다. 그게 꼭 나 같아서였다.

내가 나이든 만큼 장모님, 장인어른도 나이가 드셨고 몸도 예전 같지 않으셨다. 장모님은 기력이 많이 빠지셨고 장인어른은 관절이 안 좋아 결국 수술을 받으셨다. 평소 같았으면 장인어른이 역까지 차를 몰고 나와 장모님을 챙겼을 테지만, 수술 후 안정을 취해야 하는 상황이었다. 아내가 지하철역까지 간 이유였다. 두 분 다 운신이 힘드신 걸 보니 예전의 건강하셨던 모습이 아련했다.

"겨울에 비가 오고 난리야. 눈이 와야지." 아내는 늘 그렇듯 내가 하는 말에 맞장구를 쳐줬다. 그러면 참 이상하게도 나는 말이 많아졌다. 혼자서는 잘 안 하던 말도 꺼내고, 생각들도 꺼내놓았다. 그렇게 말하면서 복잡했던 생각들이 정리되기도 했다. 지구 온난화 때문인지 겨울에 비가 오는 걸 보니, 겨울에 눈 오고 봄이 오면 꽃 피는 계절의 변화가 더 소중하게 느껴진다는 이야기를 했다. "겨울이 겨울 같지 않으면 봄이 어디 봄 같겠어?" 때론 너무나 거대하지만 늘 일상처럼 여겨져서 소중함을 모르는 것들이 있다는 이야기가 이어졌고, 그러다 엉뚱하게도 나는 어느 다큐멘터리에서 봤던 고래 이야기를 꺼내놓고 있었다.

"미국에서 혹등고래가 갑자기 튀어올라 옆에 있던 카약을 덮쳤는데 놀랍게도 아무도 다치지 않았대. 그렇게 튀어오르는 걸 '브리칭'이라고 하는데 수류탄 40개가 터질 때의 위력이라고 하거든. 도대체 어떻게 이런 기적이 생겼나 싶었는데, 알고 보니 튀어오르던 고래가 카약에 사람이 타고 있는 걸 보고 순간 방향을 틀었다는 거야. 놀랍지 않아?" 뜬금없이 던진 고래 이야기지만 아내는 진심으로 놀랍다며 "대단하다"고 맞장구를 쳤다.

그 다큐멘터리는 혹등고래가 다른 동물들을 보호하는 습성을 갖고 있어서 고래들뿐만 아니라 돌고래, 물범, 바다사자까지 보호한다고 했다. 위험에 처한 바다표범을 자신의 지느러미에 숨겨주기도 하고, 상어에 쫓기는 고래 연구자를 지느러미로 감싸 머리 위로 올려서 도와주기도 한다는 것이다. 생각해 보면 인간은 고래들의 적이나 마찬가지였다. 향유 생산으로 인간에게 희생된 향고래만 76만 마리에 달했으니 말이다. 그런데도 여전히 착하게 다른 동물을 돕는 고래를 가까이서 본 이들은 '신적인 존재'라는 느낌을 갖는다고 했다.

봄날의 햇살 같은 거대하지만 늘 옆에 존재해 있어 그 존재를 망각하고 사는 것들이 있다. 늘 깨어나 보면 마치 당연한 것처럼 차려져 있던 엄마의 밥상이 그렇고, 늘 옆에서 '밀양(密陽, Secret Sunshine)'처럼 존재했던 장모님, 장인어른의 도움의 손길과 나를 위한 기도들, 늘 내가 하는 이야기에 맞장구를 쳐서 나의 어지러운 생각들을 정리해 주는 아내가 그렇다. 그것은 마치 겨울에 오는 눈이나 봄에 피어난 꽃, 따뜻한 햇살 같은 것들이다. 너무 거대해서 오히려 잘 보이지 않고, 너무 당연해서 그 기적 같은 일들이 오히려 감춰지는.

무겁디 무거워 보이는 겨울비지만 아내와 우산을 쓰고 걷는 발걸음이 가볍다. 재잘재잘 떠드는 수다가 즐겁다. 빗속으로 거대한 고래 한 마리가 허공을 날아간다.

—

Part 3

적어도 행복하게 불행할 수 있기를

"아니, 사는 것도 쓴데
먹는 것도 맨날 이렇게 쓰면
무슨 힘으로 버티겠어요?"

「대행사」

커피 한잔 할래요?

삶이 쓰게 느껴질 때

"밤에 뭘 드시면 안 되고요, 술, 담배, 커피도 드시면 안 돼요. 특히 커피는 안 좋아요." 역류성 식도염이 꽤 심하다며 하면 안 되는 걸 늘어놓는 의사의 말에 기분이 좀 착잡해졌다. 담배야 오래전에 끊어서 상관없다지만, 술도 커피도 안 되면 도대체 무슨 낙으로 사나 싶었다. 나는 슬쩍 일 핑계를 댔다. "누구 만나서 술을 안 마신다는 건 좀……. 그리고 커피 안 마시면 일은 어떻게 해요?" 그래도 피해야 된다고 말하는 의사의 얼굴을 봤다. 그 얼굴은 기계적으로 하는 말과는 달리 이렇게 말하고 있었다. '그게

쉽진 않겠지만요.'

'커피 한잔의 여유 맥심 모카 골드-' 안성기 배우가 오래도록 나왔던 광고의 카피가 떠올랐다. 바쁜 일상에 '커피 한잔은 여유'인데, 그 여유를 하지 말란다. 어찌 보면 역류성 식도염이 생긴 게 다 그놈의 여유가 없어서라고도 할 수 있는데 말이다. 매일 마감에 시달리고 그래서 스스로를 쪼다 보니 위에서 아래로 흘러가야 할 흐름이 역류한 게다. 마음을 내려놓고 잠시 그 흐름을 순리대로 흘러가게 하는 여유는 필요한 것 아닌가 하면서 나는 속으로 의사의 말이 틀린 이유를 애써 찾고 있었다.

처음 직장 생활을 할 때는 커피를 물 마시듯 마셨다. 또 커피 타는 일도 잦았다. "여기 커피 두 잔만 부탁해." 상사가 사무실에서 회의를 하거나 손님을 맞을 때면 커피를 타서 갖다주는 건 막내의 일이었다. 믹스를 컵에 따르고 물 조절만 하면 되니 쉬워 보였지만, 그 물 조절이 참 예민한 작업(?)이었다. 너무 싱거워도, 너무 진해도 안 되는 양을 맞추는 것. 그게 관건이었다. 왜 그걸 내가 해줘야 하나 싶었지만, 당시에는 그러려니 했다.

또 "커피 한잔 할까?" 하며 사무실을 잠깐 벗어나 있는 시간이 그렇게 좋을 수가 없었다. '커피 한잔의 여유'라는 말이 딱 맞았다. 몇몇은 이렇게도 말한다. "난 이 맛에 살아. 어떨 때는 커피 마시려고 일하는 것 같아. 일도 커피가 하는 것 같고." 하긴, 서너 번씩 커피를 타고 대여섯 잔 커피를 마시다 보면 하루가 훌쩍 가버리곤 했다. 커피와 함께 하루를 보냈다고 해도 과언이 아닐 정도로.

「커피 카피 코피」라는 영화가 있었다. 모델 출신 배우 1세대였던 진희경이 주인공으로 나왔던 그 영화의 내용은 잘 기억나지 않는다. 다만 제목에 다 들어 있는 것처럼 광고 대행사에서 일하는 인물들이 카피 하나 뽑아내려 커피를 달고 살며 결국 코피를 쏟아내는 장면이 막연하게 떠오른다. 커피는 일과 떼려야 뗄 수 없는 건데, 특히 글을 쓰는 내 직업은 사실 커피가 해준다고 해도 과언이 아닌데, 머릿속으로 그런 상념들이 계속 외쳐댔다.

실로 커피를 사랑한 작가들이 얼마나 많은가. 대표적인 인물이 프랑스의 대문호인 오노레 드 발자크다. 어마어마한 양의 소설을 써낸 이 작가는 엄청난 커피 애호가였는데, 그의 평전을 쓴 전기작가 슈테판 츠바이크는 그에게 커피란 '검은 석유'였고, 커피를 위장에 부어야 '인간 창작 기계'가 움직였다고 말했다. '커피가 위 속으로 미끄러져 들어가면 모든 것이 술렁거리기 시작한다. 생각은 전쟁터의 기병대처럼 빠르게 움직이고, 기억은 기습하듯 살아난다. 인물들은 옷을 차려입고, 원고지는 잉크로 뒤덮인다.' 발자크는 커피를 이렇게 예찬했는데 아마 이 글을 쓰는 그의 옆에도 커피 한잔이 놓여 있었을 테다.

"아니, 사는 것도 쓴데 먹는 것도 맨날 이렇게 쓰면 무슨 힘으로 버티겠어요." 마침 하고 있던 「대행사」라는 드라마의 대사가 떠올랐다. 커피를 입에 달고 살고 사무실에 숨겨둔 위스키를 홀짝이고 일에 몰두할 때는 불붙이지 않은 담배를 습관처럼 물고 있는 광고대행사 최초의 여성 임원 고아인에게 부하직원인 워킹맘 조은정이 케이크를 챙겨주며 하는 이야기다. 나는 그 부하직원의 말에 공감하면서도 먹음직한 케이크를 보며 생각했다. '저거 커피랑 먹으면 더 맛있을 텐데.'

"어떻게 안 될까요?" 어느새 나는 애원조로 의사에게

말하고 있었다. 이 정도면 커피에 지배당하는 노예처럼 보일 터였다. 그때였다. 의사의 책상 위에 놓여진 몇몇 어울리지 않는 물건이 눈에 들어왔다. 하나는 아이스 아메리카노가 채워져 있었을 빈 테이크아웃 잔이고, 다른 하나는 내가 가끔 역류성 식도염이 심해질 때 처방해 먹는 '거드'라는 위산 분비를 억제하고 중화시키는 약이었다. 내 시선이 거기 닿은 걸 눈치챘던 걸까. 완강했던 의사의 얼굴이 슬쩍 풀어지더니 웃으며 말했다. "아무래도 완전히 끊는 건 어렵겠죠. 그래도 좀 줄이시고, 꼭 마셔야 할 때는 약도 챙겨가며 드세요."

의사라고 왜 역류성 식도염이 없겠는가. 아니, 하루에도 수십 명의 진료를 봐야 하는 스트레스 가득한 내과 의사에게 커피 한잔의 여유는 그 역시 휴식 같은 시간이었을 게다. 아이러니가 아닌가. 커피 마시면 안 된다는 이야기를 수없이 하면서, 역류성 식도염을 앓는 환자들을 상대하는 그 피로함을 이겨내기 위해 커피를 마시다 역류성 식도염을 갖게 된 의사라니. 사는 게 참 비슷하다고 느껴지면서 의사와 묘한 동료의식이 생겼다.

그래도 줄이긴 줄여야겠지. 이 쓴 걸 입에 달고 살다가는 사는 게 정말 써질 수도 있으니. 그래도 가끔은 마셔야 겠지. 삶에 낙이 없으면 그게 사는 건가. 병원을 나서는 내 머릿속에서 분열된 자아가 서로 논쟁을 벌이고 있었다.

"어디에 갇힌 건지 모르겠지만 뚫고 나가고 싶어요.
진짜로 행복해서 진짜로 좋았으면 좋겠어요.
그래서 아, 이게 인생이지 이게 사는 거지
그런 말을 해보고 싶어요."

「나의 해방일지」

진짜로 행복해야 해

이게 과연 행복일까 싶을 때

"고객님 사랑합니다- 무엇을 도와드릴까요?" 와이파이 상태가 영 안 좋아 고객센터에 전화를 했다. 그러자 저편에서 상냥하지만 감정은 1도 들어 있지 않은 목소리로 상담원이 말했다. 순간 왜 그랬는지 모르지만, 나도 모르게 "네?" 하고 되물었다. 그러자 저편에서 다시 똑같은 목소리가 반복해서 말했다. "고객님, 무엇을 도와드릴까요?" 새삼 사랑이라는 단어가 낯설게 다가온다. 사랑이라면 무언가 더 크거나 절절해서 함부로 입 밖으로 내놓기 어려운 단어가 아닌가. 그래서 굳이 '사랑합니다'라고 강변하는 말은 오히려 정반대로 들린다. 우린 결코 사랑할 수 없는 사이라는. 이런 생각은 국문과를 졸업하고 글쟁이로 살아가는 나의 지나친 예민병인 걸까.

문득 머릿속으로 '나는 행복합니다'라는 노래가 흘렀다. 1980년에 가수 윤항기가 발표한 이 노래는 흥겹고 희망에 가득 찬 노래지만, 자꾸 듣다 보면 그 어둡던 시대에 대한 반어법으로 들린다. '나는 행복합니다–'라는 가사가 세 번이나 반복되고 그것도 모자라 '정말 정말 행복합니다'라고 강조하며 시작되는 이 노래는 사실 행복하지 않아 애써 행복하다 주장하는 것처럼 들린다. 사실 진짜 행복한 이가 굳이 나는 행복하다고 자꾸만 강조할 이유가 어디 있을까. 사랑하지 않는데 굳이 사랑한다 말하고, 행복하지 않은데 애써 행복하다 강변하는 그 쓸쓸함이라니.

전화를 끊고 나서 문득 내가 가장 행복할 때가 언제일까를 떠올려본다. 워낙 복잡한 걸 싫어하는 성격이어서인지, 아니면 요즘 MZ세대들이 말하는 '슈퍼 I'여서인지, 나는 도시를 벗어나 산사 같은 곳에서 아무것도 하지 않고 멍하게 있을 때를 떠올린다. 세상의 복잡함이 뚝 끊어지고 오롯이 나 자신에게만 집중하고 있는 시간. 배가 고프면 먹고, 졸리면 자고, 숨을 들이마시면 자연과 숨을 나누는 듯 일체감이 느껴지는 그런 곳에서는 해 뜨고 지는 것조차 새롭게 보일 게다. 비라도 올라치면 '쏴아' 하는 소리가 귀가 아닌 가슴까지 와닿고, 시원한 기운이 살갗을 넘어 머리끝까지 닿는 그런 곳에 서 있을 때.

창밖으로 차들이 빵빵 경적을 울리며 내 '집중'을 깨고 들어온다. 주말이라 아파트 앞 쇼핑몰로 들어가는 차량들이 장사진을 이룬 채, 서로 먼저 가겠다고 아귀다툼을 벌이고 있다. 갖고 싶은 물건들을 사고, 맛있는 음식을 먹고, 아드레날린을 자극하는 스펙터클한 영화를 보고, 재미에 지친 몸을 쉬러 카페에 앉아 커피를 마시고……. 다시 머릿속에서 노래가 흐른다. '나는 행복합니다- 나는 행복합니다-'

SNS는 행복 전시장이다. 음식을 먹으면서 찰칵, 새 옷을 사서 찰칵, 멋진 여행지에서 찰칵. 짐짓 '인스타 포즈와 표정'을 지으며 찍은 사진들이 경합을 벌이듯 올라온다. 여름 휴가철이면 바닷가, 어린이날이면 놀이공원처럼 다들 가는 그곳을 나도 가야 행복할 것 같은 분위기가

그곳에는 넘쳐난다. 열심히 일한 당신 떠나라- 당신은 그럴 자격이 충분하니. 나는 행복합니다-

일년 내내 우리가 사는 곳은 '생존의 공간'이다. 치열하게 부딪치며 하루하루를 버텨낸다. 하지만 지나치게 그 생존 속에 살다 보면, 내가 진짜 뭘 하면 좋은지 잃어버리는 경우가 있다. 그래서 남들이 다 하는 것을 나도 하는 것이 행복이라 여기곤 한다. 돈 벌고 맛있는 것 먹고 사고 싶은 것 사고. '사는 거 다 거기서 거기야'라는 말로 나는 행복하다 외치고 또 외친다.

"어디에 갇힌 건지 모르겠지만 뚫고 나가고 싶어요. 진짜로 행복해서 진짜로 좋았으면 좋겠어요.. 그래서 아, 이게 인생이지 이게 사는 거지 그런 말을 해보고 싶어요." 「나의 해방일지」에 나온 이 대사를 곱씹으며 진짜 행복은 뭘까를 생각해 본다. 사는 거 다 거기서 거기라며 남들 사는 대로 사는 것으로 불행하지 않다고 스스로에게 다짐하며 우리는 그걸 행복으로 착각하고 있는 건 아닐까. 그걸 우리는 애써 행복으로 포장하고 있는 건 아닐까.

생존의 공간 깊숙이 들어와 살고 있는 우리에게는 간

간이라도 '실존의 공간'이 필요하다. 멀리 떠나지 않아도 잠시 나로 오롯이 존재하는 시간과 공간의 틈이 있어야 숨을 쉴 수 있다. 광화문 한가운데서 일하는 내 오랜 벗은 회사에서 제공하는 도시락을 굳이 안 먹는다고 했다. 점심시간을 오롯이 홀로 보내기 위해서다. 근처 김밥집에서 김밥 하나를 사서 벤치에 앉아 먹고, 교보문고를 찾아가 책 구경하고, 카페에 앉아 커피 한잔을 마시며 책을 읽거나 색연필로 그림을 그리며 혼자 이것저것 생각하는 시간을 갖는단다. 그러면 다시 오후를 살 힘이 생겨난다고.

진짜로 행복해서 진짜로 좋았으면 좋겠어요.
그래서 아, 이게 인생이지 이게 사는 거지 그런 말을 해보고 싶어요.

"심미진 님, 남편분 큰 결심하신 거예요. 간 이식해 준 거.

바람을 언제 피웠고, 그 의도가 뭐든 간에

남편분 정말 대단한 일 하신 거라구요.

목숨 걸고 기증하신 거니까.

그런 남편 이제 그냥 알아서 잘 살라고 하시고,

이제 어머니 인생 사세요.

저도 와이프 바람나서 이혼했어요.

밤새 병원 일 하고 혼자 애 보고 열심히 살았는데

와이프가…… 자기 친구 남편이랑 바람이 났어요.

처음에는 자존심도 상하고, 그리고 남들 보기도

너무 창피하고 인생 왜 이렇게 꼬이나 싶어 죽겠더라구요.

근데 어느 날 갑자기 시간이 아까웠어요. 걔 때문에

내 인생 이렇게 보내는 게 시간이 너무 아깝더라고.

아이고, 그동안 얼마나 아프고 힘드셨어요.

어떻게 다시 찾은 건강인데. 남편이 아니라 본인을 위해서 약

드시고 악착같이 건강 회복하세요.

어머니 인생이잖아요. 네?"

「슬기로운 의사생활」

싫은 건 그냥 싫은 거예요

삶의 체기가 느껴질 때

저녁 먹은 게 체한 모양이다. 가슴이 답답하다. 이럴 때면 어머니는 손을 내보라고 하시곤 했다. 그러고는 엄지와 검지 사이를 손으로 꾹 누르셨다. 통증이 온몸으로 퍼져 나갔다. 너무 아파서 손을 빼려고 해도 놔주지를 않으셨다. 계속 누르면 통증도 익숙해지는지 차츰 적응되었고, 그래서 포기하듯 손에 힘을 빼게 됐다. "조금만 있어 봐라. 금세 꺼억 할 테니." 주문 같은 그 말이 빠지지 않았고, 그러면 진짜 신기하게도 주문의 피리 소리에 고개를 쭉 빼는 뱀처럼 트림이 쑥 나왔다.

지금은 어머니와 떨어져 있어 엄지와 검지를 눌러줄 사람이 없다. 아내가 눌러주겠다고 하지만 영 힘이 시원찮다. 얼굴은 잔뜩 힘을 주고 있는데, 정작 손가락에는 힘이 없다. 젊어서는 아내의 손가락 힘도 만만찮았다. 피아노를 쳐서 그렇다고 했다. 하지만 피아노 대신 밥벌이를 위해 컴퓨터 앞에 앉아 자판을 매일 치다 보니 손가락에 힘이 없어졌다. 그래서 내 손으로 엄지와 검지 사이를 누른다. 오른손으로 왼손을, 왼손으로 오른손을 번갈아가며.

내려가야 할 것이 내려가지 않고 멈춰 서 있는 데는 그만한 이유가 있는 법이다. 먹을 때부터 어딘가 께름칙한 걸 먹었던 그 이물감이 남아 있어서이기도 하고, 시간에 쫓겨 급하게 먹느라 제대로 씹지 않고 꿀꺽 삼킨 것이 사단이 되기도 한다. 때론 너무 추운 곳에서 벌벌 떨며 먹으면 잔뜩 긴장한 몸이 음식이 지나는 길을 좁혀 걸리기도 하고, 때론 충격적인 일이 벌어져 아예 음식 길을 막아버리기도 한다. 그래서 우린 가끔 이렇게 표현한다. '음식이 목에서 넘어가질 않아.'

몸은 자연과 같아서 의식하지 않고 흘러갈 때 가장 건강하다. 하지만 물리적, 정신적 충격 같은 것으로 의식이 거기에 집중되게 되면 그 자연스러운 흐름이 깨져버린다. 그래서 체했을 때 나는 내가 무슨 일로 어디에 의식을 두고 있는가를 생각한다. 지금 집착하는 건 뭘까 들여다보려 한다. 무언가 나를 괴롭히는 일이 벌어졌거나 그래서 미운 사람이나, 미운 감정이 생겼을 때 몸은 음식의 흐름을 막아 세우며 내게 말한다. '너 뭔가에 골몰하고 있어.'

올해도 참 체하는 날들이 많았다. 원고를 청탁하곤 했던 회사가 부도나는 바람에 적지 않은 원고료를 받지 못했고, 매체 환경이 바뀌어 밥벌이를 위해 글 쓰는 일은 갈수록 어려워졌다. 나이가 들어서인지 아니면 워낙 많은 정보들이 매일같이 쏟아져 나와서인지 기억력은 갈수록 흐려졌다. 그래도 갈수록 씀씀이가 커져가는 가족의 생계를 위해 더 많은 밥벌이를 해야 했다. 가끔 젊어서 꿈꿔왔던 소설을 다시 쓰고 싶다는 생각을 했지만, 그런 생각은 루틴하게 흘러가던 밥벌이 기계를 자꾸만 멈춰 세우곤 했다. 갈수록 노쇠해지는 부모님들을 생각하면 마음이 아팠고, 하루가 다르게 쑥쑥 크는 아이들을 보면 마음이 불안했다. 나는 체하고 체하고 또 체했고, 그럴 때마다 오른손으로 왼손을, 왼손으로 오른손을 꾹꾹 눌렀다.

싫은 감정은 거부감을 만든다. 거부감은 흘러가던 걸 멈춰 세우고 되돌리려는 힘이라 그 지점에 삶의 체기를 만들어낸다. 누군가 나를 괴롭히거나, 힘들게 하거나, 배신을 했거나, 조롱을 하거나, 무시하면 거부감이라는 놈이 불쑥 고개를 들어 흘러가던 흐름을 막아 세운다. 특히 관계 속에서 이런 일이 벌어지면 괴롭다. 그냥 지나치는 사이라면 무시하고 말지만, 늘 봐야 하는 가족이나, 회사 동료라면 볼 때마다 체기가 올라오기 마련이다.

체한 걸 의식하면 할수록 체기는 더 심해진다. 이제 상상력이란 놈이 발동해 목구멍을 지나 어느 정도 내려가던 곳에 멈춰 서 있는 것들을 그려낸다. 그놈이 완강하게 버티며 내려가지 않는 모습을 상상하게 된다. 집착하게 된다. 그러면 더 조급해지고 답답해진다. 마찬가지로 관계의 체기는 그 미운 사람에 골몰하게 만든다. 그리고 누군가를 미워하고 싫어하는 자신도 싫어진다. '내가 왜 이러지? 난 누군가를 미워하고 싫어하는 그런 사람이 아닌데.' 결국 그 거부감을 도저히 못 참게 되면 토하게 되는데 그건 나 자신에게도 적지 않은 상처를 준다.

그럴 땐 어려서 내 엄지와 검지 사이를 눌러주던 어머니의 손이 그립다. 순간 골몰하고 집착하던 내 의식을 통증 쪽으로 온전히 옮겨놓는 매운 힘이, 자상하지만 확신에 찬 목소리로 "조금만 있어 봐라. 금세 꺼억 할 테니"라고 하셨던 주문 같은 말의 단단함이, 무엇보다 어디선가 누군가에게 상처받고 싫은 감정이 이물감처럼 남아 있는 내게 괜찮다고 하듯 등을 토닥이던 그 손이 그립다. 싫은 건 그냥 싫은 거야. "싫은 건 잘못된 게 아니란다. 하지만 세상엔 좋은 게 더 많아." 그렇게 말씀하시는 듯한 그 손이. 꺼억-

"저런 데 살아도 힘든 일은 있겠지?
근데 힘든 일도 저런 데서 겪고 싶다.
그럼 좀 행복하게 불행할 수 있을 것 같아."

「악귀」

적어도 행복하게 불행할 수 있기를

의도치 않게 불행이 찾아왔을 때

그 아이는 잘 숨었다. 숨바꼭질을 하면 도무지 찾을 수가 없었다. 한낮의 여관은 몇몇 문 닫힌 방을 빼고는 손님들이 다 나가 빈방들이 대부분이었는데, 우리는 거기서 숨바꼭질을 하곤 했다. 가끔 청소하시는 아주머니가 나타나면 숨바꼭질의 긴장감은 최고조에 달했다. 우리 둘은 같이 숨곤 했는데 장난으로 하던 숨바꼭질이 마치 진짜 죄를 짓고 쫓고 쫓기는 실제 상황처럼 심장을 쿵쾅대게 만들곤 했다. 그때도 그 아이는 별로 긴장하지 않았다. 마치 그런 일이 익숙한 듯.

그 아이는 우리 여관에 3개월째 투숙하는 아저씨의 아들이었다. 무슨 사연이 있는지는 모르겠지만 그 아저씨는 아들과 둘이 우리 여관을 찾았다. 처음에는 한 일주일 정도 지낸다고 했는데 그 후로도 하루하루 지나다 보니 어느새 3개월이 되었다. 서울에서 무슨 사업을 하는데 일 때문에 왔다고 했다. 하지만 나중에 한꺼번에 내겠다던 방세가 한 달이 지나도록 없자 어머니는 뭔가 문제가 생겼다는 걸 직감했다. 어머니는 아저씨에게 밀린 방세를 내라고 했지만 그때마다 그 아저씨는 그런 일이 익숙한 듯 내일 주겠다며 차일피일 미루곤 했다. 그러다 한 달 정도가 지나 밀린 방세가 꽤 커지자 이제는 상황이 역전됐다. 사업이 망해 내려오게 됐다고 실토한 아저씨는 곧 들어올 돈이 생기는데 그걸로 방세를 갚겠다고 했다. 이제 우리 집은 방세를 떼이지 않기 위해 그에게 방을 내주고 기다려야 하는 처지가 되었다.

그렇게 어른들이 3개월간 방세를 두고 실랑이를 벌이는 동안 나는 그 아이와 숨바꼭질을 하고, 같이 운동장에 가서 땅따먹기를 하고, 개울에서 올챙이를 잡기도 하고, 산에 올라가기도 했다. 어머니는 그런 우리를 복잡한 얼굴로 바라보시곤 했다. 가끔은 그 아이랑 부라보콘을 사 먹으라 돈을 주시기도 했는데, 그럴 때마다 "애가 무슨 죄가 있어"라고 말끝을 흐리시곤 했다. 그 아이는 그 의미를 아는지 모르는지 가게에서 내가 사 준 부라보콘을 맛있게 먹으며 활짝 웃곤 했다. 세상에 이보다 맛있는 건 없다는 듯이.

숨바꼭질을 잘하던 그 아이는 3개월 정도가 지난 어느 날 새벽, 아버지와 함께 야반도주를 했다. 아주 친했던 건 아니지만 그래도 매일 한 번씩은 마주치고 자주 놀았던 터라 마음 한구석이 허전했다. 어머니는 수소문을 해서 서울에 있다는 그 아저씨의 집을 찾아가기로 마음먹었다. 왜 그랬는지 모르지만 어머니에게 나도 같이 가겠다고 고집을 피웠다. 숨어버린 그 아이를 끝내 찾고 싶었던지도 모르겠다.

그 집은 문밖에서부터 소란스러웠다. 집기 같은 것들이 길바닥에 마구 던져져 있었는데, 안에서 사람들이 내는 악다구니가 문밖까지 흘러나왔다. 동네 사람들이 무슨 큰 구경거리라도 생긴 듯 모여 있었다. 그 좁은 집 방

안에는 스무 명 정도 되는 사람들로 가득했는데 저마다 한 마디씩 분통을 터트리고 있었다. 그 아저씨는 그 한가운데 무릎을 꿇고 고개를 숙인 채 앉아 있었다. 갑자기 사람들이 들이닥쳤는지 잠옷 바람이었다. 그렇게 한동안 분풀이를 해대던 사람들은 결국 나올 수 있는 게 하나도 없다는 걸 실감하자 하나둘 떠나갔다. 돈이 될 만한 물건들을 아무거나 하나씩 들고.

사람들이 나간 자리, 거기 방 한구석에 그 아이가 있었다. 이불을 무릎 위까지 올린 채 잔뜩 웅크리고 앉아 있었다. 자세히 보지 않으면 집기 중 하나처럼 보일 정도로 미동도 없이. 어머니가 그 아저씨와 무슨 이야기를 하는 동안, 그 아이가 잠깐 고개를 들었고 그때 나와 눈이 마주쳤다. 그런데 나도 그 아이도 아는 척을 할 수가 없었다. 마치 우리 사이에 보이지 않는 벽 같은 것이 세워져 있는 느낌이었다. 어딘가 텅 비어버린 눈은 나를 향해 있었지만 거기 아무것도 없다는 듯 초점이 없었다. 그 아저씨와 이야기를 나눈 후 깊은 한숨을 뱉으신 어머니는 내 손을 끌고 그 집을 나왔다. 그것으로 그 아이와는 끝이었다.

가끔 가난함과 부유함, 행복과 불행을 생각할 때마다 그 아이가 떠오른다. 그 아이는 도대체 그 어린 나이에 자기 앞에 닥친 세상의 비정함을 어떤 눈으로 바라보고 있었을까. "저런 데 살아도 힘든 일은 있겠지? 근데 힘든 일도 저런 데서 겪고 싶다. 그럼 좀 행복하게 불행할 수 있을 것 같아." 「악귀」에 나오는 대사처럼 내가 사는 세상을 바라보며 이런 곳이라면 '행복하게 불행할 수 있을 것 같다'고 생각했을까. 행복과 불행은 상대적인지라 누군가의 불행이 누군가에는 행복한 정도로 여겨지기도 할 게다. 또 삶에는 행복만 가득한 게 아니라 불행 또한 의도치 않게 찾아오기 마련이다. 그러니 불행이라 해도 숨바꼭질 놀이와 아이스크림 한 개의 행복 정도는 누릴 수 있는 불행이기를. 적어도 행복하게 불행할 수 있기를.

"지금 네 어미를 걱정하는 것이냐?

이리 가까이 오거라.

넌? 너는 괜찮은 것이냐?

힘들면 힘들다 말해도 괜찮다.

아프면 아픈 티 내거라.

그래야 사람들도 알아. 네가 괜찮지 않다는 거."

「슈룹」

티 좀 내며 살아요

삶의 통증이 느껴질 때

젠장, 또 임플란트다. 또 심으란다. 나는 분명히 통증을 느꼈을 게다. 하지만 이걸 무시했다. 치과에서 썩은 이를 빼내고 돌아오는 길에 바람이 불었다. 그 바람이 허전했다. 늘 있던 자리에 없는 이를 혓바닥이 자꾸만 찾아갔다. 그 본능이 마치 떠나버린 누군가를 뒤늦게 아쉬워하고 그리워하는 것처럼 허허로웠다.

임플란트까지는 6개월 정도가 걸린단다. 앞니가 아니라 가짜로 이를 끼워 넣을 필요는 없다고 했다. 그런데 그 위치가 송곳니 바로 옆이라 영락없이 웃을 때는 비어 있는 자리가 드러날 수밖에 없었다. 집으로 돌아와 아내에게 바보처럼 씩 웃어보이며 이제 6개월간은 어디 가서 웃지도 못할 것 같다고 하자 아내는 잘 보이지도 않는다고 말해줬다. 하지만 그 말은 역시 보이긴 보인다는 뜻이었다. 제길.

어렸을 때도 이런 일이 있었다. 어금니가 썩어서 아팠는데 치과 가는 게 무서워 엄마에게 말하지 않았다. 결국 너무 아파서 밥도 못 먹을 정도가 됐고, 얼굴도 부어오르자 엄마가 알아챘다. 치과에 갔더니 어금니가 썩어서 뽑아야 하는데, 그 이만이 아니고 그 옆의 이도 썩었다며 치료를 해야 한다고 했다. 결국 어금니를 뽑고 그 옆의 이는 썩은 부분을 갈아내고 신경치료를 했다. 치과의사 선생님은 일찍 왔으면 어금니만 치료하고 때우면 됐을 걸 너무 오래 놔둬서 이렇게 된 거라고 했다.

눈물이 채 마르지도 않은 채 집으로 오자 아빠가 나를 불러 말씀하셨다. "아프면 아프다고 말을 해야지. 자기 몸은 자기가 가장 잘 아는 거야. 말하지 않으면 아무도 몰라." 당연한 말이라고 생각했지만, 그렇게 말한 아버지도 제 몸 아픈 티를 안 냈던 건 마찬가지였다. 어느 날은 아버지의 머리에 작은 뿔이 나오기 시작했는데, 병원에 갔더니 스트레스 때문이라고 했다. 뭔가 속으로 꿍꿍 앓고 있지만 그걸 너무 오랫동안 내색하지 않아서 몸에 그런 증상이 일어난 거라고 했다. 얼마나 속을 끓이면서도 그걸 꾹꾹 눌러댔으면 머리로 뿔이 나온 걸까. 아픈 걸 바보처럼 참는 건 아버지로부터 물려받은 거였다.

그때는 잘 몰랐지만, 나도 아버지가 되고 아이들이 크면서 왜 그리도 내색을 하지 않으려 했는지 어렴풋이 알 것도 같았다. 세상의 어려운 일들이 아버지를 흔들어 댔을 게다. 하지만 가족들에게는 흔들리는 모습을 보이지 않으려 애쓰셨을 게다. 자신만 흔들리면 된다고 생각하셨을 게다. 자칫 가족들까지 불안해하거나 흔들리는 걸 원치 않으셨을 게다. 그래서 말을 삼키셨을 게다. 그 삼킨 말들이 차곡차곡 쌓여 어느 날 머리 위로 가시처럼 자라났던 것일 게다.

"여보. 애 좀 봐." 좀 멍하니 상념에 빠졌던가. 아내가 축 이파리를 늘어뜨리고 있는 화분 속 식물을 가리키며 나를 불렀다. 화분에 '피토니아'라고 적혀진 그 식물은 공기 정화 식물인데 잎맥이 마치 색을 칠한 것처럼 선명해

보는 맛이 있었다. 평소에는 짱짱하던 그 잎이 축 늘어져 있었다. "얘는 조금만 물을 안 줘도 이렇게 돼." 서둘러 물을 주며 하는 그 말이 마치 내게 하는 말 같았다. '티 좀 내고 살어. 큰 병 만들지 말고.'

사실 통증이 몸의 신호라는 걸 모르는 이들은 없다. 그래서 그걸 방치하면 마치 사과 궤짝에 멍든 사과 하나를 빨리 꺼내놓지 않아 다른 사과들이 상하는 것처럼 더 안 좋은 상황을 일으키게 된다. 그래서 통증을 느끼는 건 살아있다는 뜻이고 또 어떤 면에서는 살고 싶다는 뜻이기도 하다. 하지만 가족들을 보면 다른 이가 아플 때는 티 좀 내라고 그래야 큰 병 안 만든다고 하면서도 정작 자기가 아플 때는 티를 내지 않으려는 이들이 많다. 썩어서 가족들에게까지 피해를 주지 않기 위해 저 스스로 가족이라는 궤짝을 떠나려는 이들조차 있지 않은가.

하지만 그건 이타적인 게 아니라 이기적인 생각이다. 그렇게 떠나버리면 남은 이들이 느낄 상실감과 아픔은 어쩔 것인가. 그러니 몸이든 삶이든 아프면 티를 내야 한다. 그래야 그 아픔을 덜어내고 치유할 수 있을 테니. 빠진 이가 있던 자리를 혓바닥이 자꾸만 핥았다. 물 먹은 피토니아는 금세 빳빳하게 서 있었다.

"애완풀이다 생각하고 사랑으로 키워봐요.

그 양파도 예쁜 말만 해주는 애들은 완전 쑥쑥 잘 크고

욕만 먹은 애들은 말라 죽고 그런다잖아.

내가 다 신문에서 보고 하는 말이라고."

"무슨 말도 안 돼."

"알았죠? 물 잘 주고 하루에 열 개씩 예쁜 단어 들려주기?"

「사랑의 불시착」

예쁜 말

답답한 날 작은 희망이 필요할 때

6시쯤이면 눈이 떠진다. 나는 먼저 차를 만든다. 찻잎을 준비하고, 끓인 물을 부으면 차 색깔이 금세 투명 티포트에 물든다. 조금 잔에 따르면 은은한 차 향기가 밀려온다. 조심스레 한 모금 마시면 아직 덜 깬 머리가 깨어난다. 눈이 다시 떠진다. 이 차는 전라도 부근에서 자라던 풀이었을 게다. 그 풀의 여린 잎을 따서 뜨겁게 달궈진 솥에서 덕어지고 식혀진 후 말려 여기까지 왔을 테고. 작은 풀 하나의 일생과 여정이 신산하면서도 고맙게 느껴진다.

'어, 이건 뭐지?' 차를 만드는데 싱크대 위에 낙엽 하나가 떨어져 있다. 집안에 웬 낙엽? 만져보니 위쪽은 제법 말라서 동그랗게 말렸고 아래쪽은 아직 습기를 조금 머금고 있다. 창밖을 살펴봤는데 밖에서 날아들어 왔을 확률은 제로다. 늘 방충망으로 가려져 있으니 말이다. 싱크대 창 앞에 놓인 주스 병을 보고 그제야 이 정체불명의 낙엽을 떨어뜨린 녀석을 확인한다. 약 2년 전 딸애가 병이 예쁘다고 사서 마셨던 주스 병이다. 그 병에서 자란 식물(꽃이라기보다는 풀에 가까운)이 제법 웃자랐다. 이파리들도 꽤 커져 손바닥만 해졌는데 그중 하나가 무게를 이기지 못하고 툭 떨어졌던 거였다.

코로나19로 집 밖을 잘 나가지 않던 시절이었다. 식료품도 스마트폰으로 주문해 현관 앞에 배달 온 걸 갖고 음식을 해 먹었다. 딸이 어디서 봤는지 아보카도 포케를 먹고 싶다고 해서 그걸 만들어 먹었는데 제법 맛이 있었다. 다 먹고 설거지를 하고 있을 때 밤톨만 한 아보카도씨가 눈에 띄었다. 왜 그랬는지 모르지만, 아내한테 농담처럼 "이거 심으면 아보카도가 날까?"라고 물었다. 그랬더니 아내는 제법 진지하게 말했다. "아보카도가 날지는 모르지만 집에서 이걸 키우는 사람들이 있긴 하대." 아보카도

씨. 집. 키운다. 이 말들의 조합이 낯설었다.

유튜브를 찾아보니 진짜 아보카도 수경재배를 하는 이들이 적지 않았다. 그럼 나도 해 볼까. 집에 있는 시간이 많다 보니 쓸데없는 상상도 실현에 옮기게 된다. 먼저 소주잔에 물을 채우고 물방울 형태인 아보카도씨의 뾰족한 부분을 위로 해서 담가 놓았다. 유튜버의 설명으로는 그 뾰족한 부분이 숨구멍이라고 했다. 아마도 미국 캘리포니아 어디쯤에서 자라나 비행기를 타고 그 먼 거리를 여행해 우리 집까지 오게 된 아보카도는 그렇게 내가 가끔 홀짝이던 소주잔 위에 얹어졌다.

처음에는 별 기대도 없었지만, 막상 그렇게 소주잔 위에 얹어 놓으니 자꾸 눈이 갔다. 싱크대 창 앞에 놓인 그 녀석에게 '카도'라는 이름을 지어주었다. 마침 「사랑의 불시착」이 방영되고 있었는데, 거기서 윤세리가 리정혁에게 감자 반 포대와 바꿔 심은 작은 토마토 모종을 선물하는 장면이 나왔다. 투덜대는 리정혁에게 윤세리는 "물 잘 주고 하루에 열 개씩 예쁜 단어 들려주기"라고 말한다. 그렇게 예쁜 말만 들으면 양파도 쑥쑥 자란다며. 시간이 갈수록 카도에게 애착이 가서 볼 때마다 절로 예쁜 속말이

튀어나왔다. '잘 자라라.'

코로나19는 언제 끝날지 알 수 없어 답답하기 이를 데 없었다. 매일 신규 감염자가 늘었다는 수치가 발표되고 백신 개발이 한창이라는 소식이 들려왔다. 잠깐이라도 밖에 나가려면 마스크를 써야 해서 숨이 가빴다. 사람들을 만나는 일도 줄어들었고, 회의도 모니터로 했다. 이제 갓 대학생이 된 딸애는 캠퍼스의 낭만이 날아갔다. 모니터 앞에서 그놈의 비대면으로 각자 술과 안주를 준비해하는 '회식'을 하는 모습을 볼 때면 마음이 안좋았다.

집 밖으로 나가지 못하니 아내는 집안에 식물을 들이기 시작했다. 처음에는 공기정화에 좋은 식물들을 들였는데 차츰 예쁜 식물들로 관심이 옮겨갔다. 집 구석구석에서 풀들이 자라고 있었다. 그건 마치 어서 코로나19가 끝나 야외에 마음껏 나가고 싶은 마음 같았다. 그 마음은 집집마다 마찬가지일 터였다. 마음들이 여기저기서 쑥쑥 자라났다.

한 달쯤 지났을까. 엄청난 사건이 벌어졌다. 너무나 딱딱해 칼을 대도 잘 들어가지 않던 그 씨가 마치 지진이라도 일어난 듯 천지개벽하며 쩍 갈라졌던 것이다. 카도의 밑부분 물에 잠긴 곳에서 부끄럽다는 듯 하얀 뿌리가 쏙 삐져나왔다. '어, 이 놈이 진짜 살아있네?' 반신반의하던 가슴이 너무 놀라서 콩닥콩닥 뛰었다. 그리고 또 한 달쯤 지나자 뿌리에는 잔털이 나고 카도의 윗부분에 싹이 고개를 내밀었다. 길어진 줄기에 잎이 달리기 시작했다. 카도는 거침없이 쑥쑥 위로 아래로 자라났다.

그런 마음들이 세상을 바꾸는 것일까. 코로나19는 결국 끝이 났다. 아보카도씨처럼 너무나 단단해 결코 열리지 않을 것처럼 보이던 답답하던 일상은 어느 날부턴가 쩍 하고 갈라지며 천지개벽하듯 바뀌었다. 물론 카도는 더 이상 아보카도 열매를 우리에게 주지는 못한다. 하지만 그보다 더 귀한 걸 줬다. 거창하게 말하면 희망 같은 걸 텐데, 그것보다 더 귀한 건 그 희망이라는 것도 마음이라는 소주잔에 담아야 비로소 발아한다는 걸 알려준 것이었다. 그저 버렸다면 어딘가에서 폐기되고 말았을 카도는 그렇게 코로나19가 끝난 현재까지 우리 집 싱크대 창문 앞에서 살아가고 있다. 매일매일 예쁜 말을 들으며.

솔개. 이건 아닌가?
솔개는 취소.
장미. 산들바람. 첫눈. 피아노

"해녀들을 교육할 때 가장 강조하는 말이 있다.

오늘 하루도 욕심내지 말고

딱 너의 숨만큼만 있다 오라고.

평온해 보이지만 위험천만한 바다 속에서

당신의 숨만큼만 버티라고.

그리고 더 이상 버틸 수 없을 땐

시작했던 물 위로 올라와 숨을 고르라고."

「웰컴투 삼달리」

가끔은 다른 숨을 쉬어요

삶의 숨이 턱 끝까지 차오를 때

오랜만에 대학로로 연극을 보러간 날 마침 비가 쏟아졌다. 시끌벅적했던 대학로 거리가 금세 조용해졌고 빗소리로 가득 채워졌다. 서둘러 극장을 찾았다. 비 때문일까. 지하에 있는 극장은 마치 폭격을 피해 피난한 사람들이 모여든 벙커 같았다. 축축한 공기가 먼지 알갱이들과 만나 쿰쿰한 냄새를 풍겼다. 마치 어려서 가끔 올라갔던 시골집 다락방에 들어온 느낌이었다. 오래된 물건들이 상자 속에 담겨 특유의 곰팡이 냄새를 풍기던 곳. 이상하게도 그 냄새를 맡으면 가슴이 설레던 그 기억이 되살아났다.

도대체 몇 년만의 연극인가. 고등학교 1학년 때부터 대학교를 다닐 때까지는 꽤 자주 연극을 보러 다녔다. 「에쿠우스」, 「관객모독」, 「빨간 피터의 고백」, 「북어 대가리」 같은 연극들을 찾아다니며 봤다. 어떤 내용이었는지는 잘 기억나지 않지만, 이상하게도 연극을 보러 가면 설렜던 기억이 있다. 무언가 현실에서 잠깐 벗어난 것 같은 그 순간의 일탈이 주는 느낌 때문이었을까. 배우들이 하는 대사 한 마디, 동작 하나가 그 순간이 지나면 영원히 사라져 버리는 그 시간의 흐름을 느낄 수 있어서였을까.

나를 가장 설레게 하는 순간은 연극이 막 시작될 때였다. 불이 서서히 꺼졌다가 다시 밝아지는 순간, 웅성대며 수다를 떨던 사람들은 조용해지고 순식간에 이 세계에서 저 세계로 빠져든다. 그건 마치 내 머릿속을 가득 채우고 있는 현실의 복잡한 생각들의 스위치를 내리는 것만 같았다. 그리고 다시 스위치가 켜지면 너는 또 다른 세계에 가 있을 거라고 말하는 것만 같았다. 늘 스위치를 켜놓고 살아가다 스위치가 있던 곳을 잊어버려 끄지 못하게 되거나 혹은 거기에 익숙해져 끌 수 없게 되었을 때, 연극의 그 암전은 강제로 스위치를 내려주는 것만 같은 편안함이 있었다.

어느 날 아버지는 다락방에서 먼지 쌓인 케이스 하나를 갖고 내려오셨다. 덩치가 제법 큰 케이스를 보자마자 나는 그 안에 뭐가 들어 있는지 알 수 있었다. 아코디언이었다. 물걸레로 케이스에 내려앉은 먼지들을 정성스럽게 닦아낸 아버지는 케이스를 열더니 그 안에 들어 있는 아코디언을 꺼내들었다. 빨간색 아코디언의 그 강렬한 색깔이 먼저 시선을 끌었다. 아버지는 익숙한 듯이 아코디언을 안아 어깨에 끼우더니 쿵짝 쿵짝 연주를 하기 시작했다. "두마아안 강- 푸른 물에-" 빙그레 웃으며 뽕짝을 부르는 아버지의 모습이 낯설어 나도 모르게 웃음이 피어올랐다.

그러고 보니 아주 어려서 아버지가 가끔 저녁에 아코디언을 연주하며 노래를 불렀던 기억이 났다. 어디서 술 한잔 하고 들어오신 날에는 아코디언에 하모니카도 불며 노래를 불렀는데, 대부분은 뽕짝이었다. 어딘가 우스우면서도 구슬픈 느낌이 드는 노래들이었는데 아코디언 특유의 정조와 너무나 잘 어우러졌다. 드라마 「아씨」의 주제곡을 들려주실 때는 때론 길게 늘였다가 때론 살짝 멈추기도 했다가 하는 그 소리에서, 결코 쉽지 않은 신산한 삶을 한 가락 노래와 춤으로 오히려 흥겹게 풀어내는 집시의 비감 같은 게 느껴지기도 했다. 그럴 때 아버지는 순간 다른 사람 같았다.

"여기를 이렇게 쭉 늘려 공기를 집어넣고 다시 눌러서 공기를 천천히 빼면서 소리를 내는 거야." 아버지는 아코디언의 주름상자를 쭉 늘렸다가 다시 눌러가며 소리를 들려줬고 그것이 휘파람 부는 것과 비슷하다고 말씀하셨다. 나도 한번 해보겠다며 아코디언을 안았는데 영 익숙하지가 않았다. 그래서 빽빽 소리가 날 때마다 아버지는 껄껄 웃으며 어디 한 번에 익숙해지는 게 있냐고 하시곤 했다.

김훈의 에세이 『밥벌이의 지겨움』을 읽다가 아버지가 했던 그 말을 떠올린 적이 있다. 김훈은 '아날로그적 삶의 기쁨'이라는 글에서 '악기는 인간의 몸의 일부로써만 작동한다'고 말한 바 있다. '타악기는 팔의 일부이고 관악기는 호흡의 일부이며 성악은 몸 그 자체'라고. 아코디언의 주름상자가 크게 부풀었다가 줄어드는 그 모습은 영락없이 들이마시고 내뱉는 숨을 닮았다. 그러고 보면 악기 연주 같은 음악이란 살아남기 위해서만 쓰던 숨을 잠시 멈추고 대신 즐거운 삶을 위한 숨을 쉬는 건 아닐까 하는 생각이 들었다.

"오늘 하루도 욕심내지 말고 딱 너의 숨만큼만 있다 오라고." 「웰컴투 삼달리」에서 제주 해녀들의 말을 빌어 들려준 숨에 대한 이야기를 들으며 아버지를 떠올렸다. 한때는 그 숨을 쿵짝 쿵짝 아코디언을 연주하며 부르는 뽕짝에 나눠주기도 했지만, 어느 순간부터 다락방 깊숙이 아코디언을 넣어두고 꺼내지 않은 아버지는 숨 가쁜 삶을 달려오셨다. 이제 숨이 턱까지 차올랐던 걸까. 다락방에서 오랜만에 아코디언을 꺼내와 빙그레 웃으며 연주하시던 모습이 가슴을 저릿하게 만든다.

'연극 보러 또 와야겠다.' 연극이 끝나고 난 뒤 객석을 빠져나와 축축하게 젖은 대학로를 걸으며 생각했다. 가끔은 저 물 속에서 안간힘을 쓰며 버티던 그 스위치를 내리고 밖으로 나와 숨을 고르는 시간이 필요하겠다는 생각이 들었다. 노동으로만 쓰던 몸을 즐거움을 위해 쓰게 만드는 음악처럼, 나도 아버지의 아코디언 같은 악기 연주를 하고 싶다는 생각이 들었다.

"뭐 꼭 목표가 확실해야지만 성공할 수 있는 거는 아니잖아.

잘 몰랐지만 해보니까 좋아하게 될 수도 있는 거고

해보면서 목표가 생길 수도 있잖아.

안 그래?"

「유미의 세포들」

뭐든 될 수 있는 고무줄처럼

삶이 목표한 대로 되지 않을 때

"봐. 이게 아톰이야." 동그랗게 생긴 고무줄을 왼손 엄지에서 중지까지 끼우고 오른손 검지와 중지를 손가락 사이 고무줄에 끼워 잡아당기자 아톰이 날아가는 듯한 모습이 만들어졌다. 짝꿍 준형이는 다시 고무줄을 손가락에 끼워 이리저리 잡아당기더니, 탱크도 만들고 별도 만들었다. "신기하지?" 신기했다. 그래서 방과 후 집으로 돌아온 나는 엄마의 화장대 서랍에서 고무줄을 찾아내 짝꿍이 가르쳐준 대로 끼우고 잡아당기며 아톰도 만들고 탱크도 만들고 별도 만들어 봤다. 그냥 풀어놓으면 동그란 원형 모양으로 돌아가는 고무줄일 뿐인데, 뭐든 늘리고 당기고 끼우면 여러 가지 모양으로 바뀌는 게 너무나 재미있었다.

준형이는 교과서 한쪽 귀퉁이에 로켓이 발사되는 그림을 연달아 그린 다음, 손으로 책장을 스르륵 넘겨 로켓이 교과서 밑에서 꼭대기까지 치솟아 오르다 결국 펑 터지는 모습을 보여주기도 했다. 그건 미키마우스가 나오는 만화 같았다. 나도 교과서마다 귀퉁이에 그림들을 그리기 시작했다. 로켓도 발사하고, 사람이 뛰어가기도 하고, 때론 고무줄로 만들었던 아톰이 날아오르기도 했다. 재미없는 것들만 가득했던 교과서에 재미있는 한 부분이 생긴 것 같았다.

체육 시간에도 운동에 별 관심이 없던 준형이와 나는 운동장 흙바닥에 이런저런 낙서를 하다가, 손바닥 그림자로 늑대와 토끼 같은 걸 만들며 놀았다. 늑대가 공격해 오면 토끼가 도망치는데, 그 이야기의 끝은 늘 같았다. 궁지에 몰린 토끼가 역으로 늑대를 공격해 물리친다는 내용이었다. 누가 그런 이야기를 정한 건지는 모르지만, 어쨌든 우리는 그 이야기가 마음에 들었다. 꼭 우리 이야기 같아서였다.

　서울로 유학(?) 온 지 얼마 되지 않아 친구도 별로 없던 때였다. 그런데 준형이 역시 친구가 없었다. 그에게는 어린아이답지 않게 우울한 그림자 같은 게 드리워져 있었다. 그래서 다가오는 친구들도 별로 없었고 그 역시 그걸 별로 바라는 것 같지 않았다. 그런데 내게서 동류라는 느낌을 가졌는지 어느 날 불쑥 고무줄로 이것저것 만들어 보이며 신기하지 않냐고 물었다. 그걸로 우리는 단짝 친구가 됐다.

　준형이는 서울역 건너편에 있는 양동 뒤편 오르막길에 있는 적산가옥에 살았는데 그 집을 가려면 빨간 불빛이 가득한 홍등가를 지나가야 했다. 그곳을 지날 때마다 화장 진한 누나들이 익숙한 듯 준형이의 머리를 쓰다듬어 주기도 했다. 준형이 어머니는 도깨비 시장에서 장사를 하셨다. 준형이가 가끔 초콜릿을 가져와 나눠먹기도 했고, 가끔은 야한 사진들이 있는 외국잡지를 가져와 보여주기도 했는데, 나중에 알게 된 것이지만 그건 그의 어머니가 장사하던 것을 그가 슬쩍 해온 거였다. 점심 도시락으로 싸오는 반찬은 늘 볶은 김치였는데, 내가 싸온 반찬을 같이 놓고 점심을 먹고 나서 우리는 그가 슬쩍 해온 초콜릿이나 캐러멜을 먹었다.

"넌 뭐가 되고 싶어?" 점심에 운동장 스탠드 한 편에서 달콤한 캐러멜을 입안에서 녹이고 있을 때 그가 불쑥 그렇게 물었다. 그때만 해도 난 그다지 되고 싶은 게 없었다. 어린 나이에 너무도 낯선 새로운 환경에 던져져 있는 것 자체가 싫었기 때문이다. 그래서 뭐라 말하지 못하고 있는데 그는 마치 자신이 하고픈 이야기를 하기 위해 그런 질문을 던지기라도 한 것처럼 먼저 말을 꺼냈다. "난 부자가 되고 싶어. 돈 많이 벌어서 멀리 떠나고 싶어."

그가 왜 부자가 되고 싶고 떠나고 싶어 하는지 알게 된 건, 체육복을 갈아입다가 우연히 보게 된 그의 등짝 때문이었다. 등에는 선명하게 무언가에 맞은 듯한 선들이 가느다란 실뱀처럼 그어져 있었다. "이게 뭐야?"라고 묻자 그는 형에게 맞았다고 했다. 엄마가 없는 날 형과 단둘이 있으면 가끔 있는 일이라고. 왜 그렇게까지 형이 모질게 그를 대했는지는 훗날 알게 되었지만 그때 그 장면은 내게 충격적인 기억으로 남았다.

그에게는 도벽이 있었다. 어머니가 장사할 물건들에

손을 댄 게 그 시작이었다. 물론 폭력을 행사한 것 자체는 잘못이지만, 형이 손을 대기 시작한 것도 그를 고치기 위한 거였다. 그걸 알게 된 건 그의 집 근처 골목에서 놀던 어느 날이었다. 골목에 아이들이 놀다 놔둔 세발 자전거가 있었는데, 그는 다짜고짜 그걸 타자고 했다. 남의 것을 허락도 없이 타는 게 영 꺼려졌지만 그는 세발 자전거를 끌고 와 자신이 앞에 타 조종할 테니 나보고 뒤에 타라고 했다. 제법 경사가 있는 골목길에서 쌩하고 내려오는 세발 자전거를 타는 건 위험해 보였지만 우리는 누가 시킨 것도 아닌데 깔깔 웃었다. 두려움도 죄책감도 없이 선을 넘어버렸을 때 생겨나는 웃음이었다.

하지만 그날의 이상한 기분 때문이었을까. 그 후로 그와 데면데면해졌고, 짝꿍이 바뀌게 되면서는 함께 점심도, 또 그가 가져온 초콜릿을 나눠먹지도 않았다. 그 역시 바뀐 짝꿍과 친해졌는데, 주먹깨나 쓰는 걸로 학교에서도 유명한 아이였다. 가끔 화장실 뒤편에서 그들이 야한 잡지를 돌려보며 낄낄대는 모습이 보이곤 했고 더러는 담배를 돌려 피우는 모습까지 보였다.

각자 다른 중학교에 가게 되면서 그를 마주치게 되는

일은 없게 됐다. 하지만 몇몇 그와 친했던 친구들을 통해 그의 소식을 들었다. 보물찾기를 한다며 아이의 돼지저금통을 훔쳐 달아나다 붙잡혔다는 이야기부터, 어느 날은 남의 집 담장을 넘어 들어갔다가 끝내 경찰서에까지 끌려갔다는 이야기도 들렸다. 그게 사실인지 과장된 이야기인지 알 수 없었지만, 그런 이야기를 들을 때마다 나는 어딘지 마음이 아팠다. 부자가 되고 싶다는 그의 말이 떠올랐고, 그의 등짝에 남아 있던 뱀 같은 상처들이 눈앞에 선연했다. 똑같이 동그란 고무줄인데, 그걸로 아톰도 되고 탱크도 되고 별도 될 수 있는 건데 왜 그는 그런 모양의 삶을 마주하게 됐을까 싶었다.

나이 들어 세상일이 생각한 대로 잘 흘러가지 않고, 때로는 엉뚱한 데서 기회를 만나기도 하는 걸 느낄 때마다 나는 그때 준형이가 불쑥 내밀었던 고무줄을 떠올리곤 했다. 그가 그려주고, 심지어 우주로까지 날려 보내줬던 로켓을 떠올렸다. 그는 되고 싶은 대로 부자가 됐을까. 아니면 적어도 갖고 싶은 건 많지만 가진 게 없어 누군가의 것을 끝내 자기 것처럼 여기게 되는 그 마음에서는 벗어날 수 있었을까.

그 후 그를 딱 한 번 만난 적이 있다. 중학교 3학년 체력장을 하던 날이었다. 타 학교에서도 우리 학교로 와서 체력장 시험을 봤는데, 거기 익숙한 얼굴이 있었다. 시간이 흘렀고 얼굴도 조금 변했지만 우리는 단박에 서로를 알아봤다. 바짝 마른 몸에 그가 살짝 미소를 지어 보였다. 체력장에 정신이 팔려서였는지, 아니면 그간 우리 사이에 놓여진 너무나 달라진 길 때문이었는지 우리는 아무런 이야기도 하지 않고 그렇게 돌아섰다.

그리고 가끔 그가 어떻게 됐을까를 생각한다. 긴 인생의 여정에 하나 그어졌던 난관이었겠지. 마치 어떻게 변할지 알 수 없는 고무줄처럼, 삶이 목표한 대로 되는 건 아니고 또 어떤 우연한 계기로 변화할지도 모르는 일이니까. 그때는 누군가 마음대로 당겨놓은 줄 때문에 그런 모양을 한 삶을 살았을지 모르지만, 지금은 그가 진짜 바라던 삶을 찾았을지도. 그렇게 상상의 고무줄을 이러저리 당겨 모양을 그려본다. 적어도 끊어지지만 않기를 바라며.

"인생을 설명서대로만 사니?

그딴 거 없어도 다 굴러가게 돼 있어요."

"굴러가기만 하면 되냐? 제대로 굴러가야지."

"진짜 재미없게 산다, 너는."

"그러는 엄마는 재미있어? 설명서대로 안 살아서?"

"너 이 말 알지? '그때는 틀리고 지금은 맞다' 내가 어렸을 때

진홍 오빠 만나고 널 낳은 게 그때는 진짜 쳐 죽일 짓이었거

든. 근데 지금은 다들 나한테 그래. 잘 살았다고.

(중략)

인생이 설명서처럼 방법이 딱 정해져 가지고

쭉 잘하기만 하고, 쭉 못하기만 하면

쭉 못했던 사람들은 어떻게 살라고, 안 그래?"

"그건 그래."

"그렇지? 설명서 필요해?"

"그래도 설명서는 있어야 돼."

"이런. 씨."

「남남」

정해진 대로가 아니어도 괜찮아

인생이 계획대로 되지 않을 때

아이들 침대를 사러 이케아에 갔다. 어려서 산 침대가 이
제 웃자란 아이들에게는 너무 작았기 때문이다. 침대를
고르고 나서 아내가 물었다. "직접 조립할 거야?" 잠시 고
민이 됐지만 이내 내가 하겠다고 했다. 조립해 주는 비용
이 적지 않았다. 하나도 아니고 두 개를 조립해야 하니 더
더욱 그랬다. 그래서 호기롭게 "내가 할게"라고 말했지만,
그 말을 후회하는 데는 채 한 시간도 걸리지 않았다.

박스를 뜯어 거실 한가득 침대의 목재와 부품들을 늘
어놓으니 어디서부터 해야 할지 아득했다. 마치 망망대

해에 맨몸으로 낡은 보트 위에 올라와 있는 기분이었는데, 그래도 내 손에는 지도 같은 설명서가 있었다. '차근차근 설명서대로 하면 될 거야.' 땀을 뻘뻘 흘리며 설명서대로 하나하나 조립해 나갔다. 아내는 간간이 물었다. "지금이라도 조립해 달라고 해?" 괜히 힘든 일을 자처하고 있는 내게 농담조로 하는 말이었지만, 그럴 때마다 나의 전투 의지는 더 높아졌다.

한 시간 반쯤 지났을까. 침대 하나가 완성됐다. 다 완성하고 나니 머릿속에 침대의 구조가 들어와 있는 기분이었다. 먼저 길쭉한 목재들로 테두리와 골격을 맞춰 침대의 형태를 만들고, 그 안에 들어갈 갈빗대를 따로 만들어 그 골격 안에 넣는 것이 그 대략의 순서였다. 물론 침대 밑으로 들어갈 서랍장을 따로 만들어 다 조립한 침대 밑에 끼워 넣고, 마지막으로 매트리스를 위에 얹으면 끝.

첫째 아이의 방에 다 조립한 침대를 넣어놓고 그 위에 침대보와 이불까지 얹어놓으니 마음 한구석이 뿌듯했다. 한 시간 반 동안의 땀의 결실. 아이들도 좋아했다. 침대 위에 누워 본 후, "너무 좋다"고 말해줬다. 그런데 그때 잠깐 동안의 뿌듯함을 깨고 들어오는 아내의 목소리가 들렸다.

"또 하나는 언제 할 거야?" 아 참, 또 하나가 남아 있지.

마음을 다잡고 두 번째 침대를 조립하기 시작했다. 똑같은 침대이고 이미 한 번 했던 거라 자신감이 붙었다. 그래서였나. 설명서 따위는 저편으로 던져두고 대신 내 머릿속에 그려져 있는 침대의 구조를 생각해 가며 부품을 조립해갔다. 설명서 보는 시간이 줄어들면서 만드는 시간도 대폭 줄었다. 한 시간 정도가 지났을까. 거의 완성되어갈 즈음, 작은 부품 하나가 눈에 들어왔다. 아차 싶었다. 그걸 빼먹은 거였다.

그 부품을 끼우려면 조립한 걸 다시 풀고 그걸 끼운 후 풀어낸 걸 다시 맞춰야 했다. 아득한 느낌이었다. 순간 악마의 속삭임이 들려왔다. '이 부품 하나로 뭐가 잘못될 리 있어? 그냥 무시하고 마무리 해.' 갈등하고 있는데 방에서 나온 아내가 물었다. "언제쯤 끝나? 하루 종일 하네." 그런 내가 측은해서 한 말이지만, 힘들어서 그랬는지 그 말이 내게는 그걸 하루 종일 붙잡고 있냐는 말처럼 들렸다. '그래 잘못될 리가 없어.' 그냥 마무리 하자. 결국 악마의 속삭임에 넘어갔다.

이상한 일이지만, 그 후로 지금까지 아이들의 침대에

는 아무런 문제가 없었다. 물론 나는 그 부품을 슬쩍 빼서 버렸고 후에도 그 사실을 얘기하지 않았다. 기억이 완전범죄(?)를 꿈꿨는지 그 일은 애초에 없었던 것처럼 망각의 수면 아래로 가라앉았다. 하지만 완전범죄가 어디 있으랴. "인생을 설명서대로만 사니? 그딴 거 없어도 다 굴러가게 돼 있어요." 「남남」이라는 드라마에서 오누이 같은 모녀가 나누는 대화가 그 기억을 다시 수면 위로 떠올렸다. 그래, 설명서 없어도 다 굴러간다.

물론 인생의 설명서는 있다. 운동을 열심히 하면 몸이 튼튼해진다거나, 사회생활을 열심히 하면 친구를 많이 사귈 수 있다거나, 공부를 열심히 하면 성적이 오른다거나. 이 지당한 말씀들이 있어 우리는 막막한 삶에서 길을 잃지 않을 것이다. 하지만 설명서대로 안되는 것이 나이 들수록 점점 많아진다. 안전하게 성장하고 살아갈 수 있는 가이드라인 같은 인생의 설명서가 있지만, 커가면서 우리는 설명서를 벗어난 변수들을 많이 만나게 된다. 즉 인생의 설명서는 있지만 설명서대로 되지 않는 게 인생이 아닐까.

그러니 가끔 설명서대로 되지 않는다고 불안해하거

나 낙담할 필요는 없다. 그래도 또 그렇게 삶은 어떻게든 굴러가게 되어 있으니.

　둘째 아이는 여전히 그 침대 위에서 편안하게 잠을 자고 있다. 비록 부품 하나는 빠져 있지만. 쉿!

Part 4

하고 싶은 일도 하면서 살아요

"장욱, 싸우고 부서져라.

너를 죽이지 못한 모든 고통은

결국 너를 성장시킬 것이다."

「환혼」

피할 수 없으면 즐겨라,
즐길 수 없으면 피해라

성장을 위해 버텨야 할 고통이 너무 클 때

"힘드시죠? 하지만 그래야 허벅지 근육이 붙어요." 요가 선생님이 외쳤다. 여기저기서 버티기 힘들어 내는 신음이 터져 나왔다. 나도 마찬가지였다. 아파트 지하 커뮤니티 센터에서 요가를 한 지 꽤 됐지만 근육 운동은 아무리 해도 적응이 안 된다. 그럴 때마다 요가 선생님이 하시는 말씀은 그 고통이 근육이 된다는 거였다. 맞는 말이긴 한데…….

어떤 스탠드업 코미디에서 들었던 말이 떠올랐다. "나를 죽이지 못한 고통은 나를 강하게 만들지만, 그전에 나는 죽을 뻔했다는 것을 알아야 한다." 성장이고 뭐고 힘든 건 힘든 거다. 그래서 요가를 갈 때마다 "벌 받으러 가요"라고 말하며 집을 나서곤 했다. 평상시 몸 관리 제대로 안 한 죄, 컴퓨터를 끼고 살며 거북목에 라운드숄더까지 오게 만든 죄, 젊어서 그나마 있던 근육도 운동 부족으로 손실되게 만든 죄 등등 벌 받아야 하는 죄목이 꽤 됐다.

"견딜 수 있는 고통이 점점 커지는 것 같아." 집으로 돌아와 그날 받은 허벅지 근육 운동의 힘겨움을 이야기하자 아들이 대뜸 그렇게 말한다. 몸 관리에 관심이 많은 아들은 며칠 전 헬스 PT를 시작했다. 첫날 갔더니 기구를 이용한 레그익스텐션을 시키는데 이쯤 하면 근육이 탈 것 같고 쥐가 날 것 같은데 끝끝내 더 시키더란다. 첫날은 너무 힘들어서 며칠 동안 걷는 것도 쉽지 않았는데, 최대치의 고통을 겪고 나니 그 다음부터는 운동의 고통들이 그저 받아들여지더란다. '그건 너처럼 20대나 가능한 이야기야'라고 말하고 싶었지만 어딘가 꼰대 같아서 입을 꾹 다물었다.

"공부도 똑같애." 옆에서 우리 이야기를 듣던 아내가

슬쩍 끼어든다. "수학 문제도 쉬운 거 많이 풀어봤자 실력은 안 늘어. 어려운 문제를 스스로 생각해서 풀어야 실력이 늘지." '실력'이라는 말이 순간 '근력'으로 들린다. '맞는 말이지. 하지만 도무지 안 풀리는 어려운 문제가 주는 너무 큰 고통은 아예 수포자를 만들 수도 있거든'이라고 말하고 싶었지만 역시 그러지 않았다. 고통이 성장의 밑거름이 되는 건 맞지만 견딜 수 없어 죽을 것 같은 고통을 어쩌란 말인가.

"장욱, 싸우고 부서져라. 너를 죽이지 못한 모든 고통은 결국 너를 성장시킬 것이다." 판타지 무협을 소재로 하는 드라마 「환혼」에서 사부인 무덕이가 장욱을 계속 사지로 내몰며 하는 이 대사에서도 내게 유독 방점이 찍힌 건 고통이나 성장이니 하는 단어가 아니라 '죽이지 못한'이었다. 어떤 고통은 그 사람을 죽게 할 수도 있다. 고통을 그저 참는 게 중요한 게 아니라, 견딜 만한 고통을 견뎌야 한다.

종종 아이돌 연습생들을 대상으로 하는 강의에서 나는 "너무 애쓰지 말라"고 말하곤 한다. 이제 겨우 열다섯 나이 정도쯤 된 아이들이 하루 10시간 넘게 춤과 노래를 부르며 실력을 키우는 그 과정이 생각만 해도 고통스럽게 느껴져서다. 너무 애쓰다 보면 그게 얼굴에 표정으로 각인되는 경우가 적지 않다. 항상 밝고 행복한 에너지를 줘야 한다고 믿어지는 아이돌로서는 그런 '애쓰는 표정'이 얼굴에 그늘로 드리워지는 건 단점이 되기도 한다. 몸 만들겠다고 단기간에 고통스런 헬스를 하다 조각 같은 몸은 얻었지만 얼굴이 폭삭 늙어버리는 웃지 못할 상황처럼.

행복한 얼굴로 음악 프로그램의 무대에 나오는 아이돌을 보면 그래서 놀랍다. 어떻게 저렇게 쉽지 않은 춤 동작을, 그것도 여러 명이 마치 한 몸처럼 움직이는 '칼 군무'로 소화해내면서 거기에 역시 쉽지 않은 음역대의 노래까지 부르는데 한없이 행복하고 맑은 표정일까. 슬쩍 미소라도 지으면 절로 세상이 밝아지는 듯한 느낌이 들 정도로. 그건 어쩌면 아들이 말한 것처럼 '견딜 수 있는 고통이 커져' 이제 즐길 수 있는 고수가 됐기 때문이 아닐까.

"피할 수 없으면 즐겨라." 아들이 훨씬 더 어렸을 때 나는 간간이 그렇게 말하곤 했다. 힘들고 싶지 않아도 해야만 한다면 차라리 즐기라는 것. 그건 사실 아들에게 하는 말이라기보다 나에게 하는 다짐에 가까웠다. 그럴 때면 어린 아들은 말장난하듯 내게 이렇게 응수하곤 했다. "즐길 수 없으면 피하라."

어찌 보면 나이 든다는 건 '견딜 수 있는 고통이 커져가는' 것일지도 모른다. 피하고 싶은 고통들이 우리네 삶 도처에 지뢰처럼 깔려 있으니 말이다. 그래서 차라리 즐기는 마음으로 버텨내라 말하고 결과로 돌아올 성장을 열매처럼 이야기하는 것이지만, 그렇다고 그 달달한 열매 때문에 모든 고통을 감내할 필요는 없다. 너를 죽이지 못한 모든 고통은 결국 너를 성장시킬지도 모르지만, 너를 성장시킬 고통이 너를 죽일 수도 있으므로.

"어느 시인이 이런 말을 했다고 해요.

누군가를 이해하고 싶고 용서하고 싶고 또 사랑하고 싶다면

가는 그의 뒷모습을 오랫동안 바라보라고.

그렇게만 한다면 공연히 이해하고 용서하고

사랑하려 애쓸 필요 없이 그의 외로운 그림자가

어느새 당신을 울리고 있을 거라고.

맞아요, 누군가의 외로움을 헤아리는 것.

저는 이게 사랑의 시작이 아닐까 싶어요."

「사랑이라 말해요」

당신을 알고 싶어요

진짜 그 사람을 알고 싶을 때

좋은 드라마를 보면 나는 그걸 쓴 작가를 생각한다. 어떤 사람일까. 삶에 대한 어떤 태도를 갖고 있고, 말할 때 자주 쓰는 표현은 뭘까. 또 어떤 기운을 가진 사람이길래, 저토록 대사 한마디에 사람의 마음을 무장 해제시킬까. 어떤 음식을 좋아하고, 어떤 음악을 좋아하며, 어떤 곳에 앉아 주로 시간을 보내고, 여행을 간다면 어디를 갈까. 산을 좋아할까 바다를 좋아할까. 상상의 나래를 편 궁금증이 끝없이 저편으로 날갯짓을 하며 날아간다.

가끔은 그 작가들을 실제로 만난다. 주로 서병기 기자

님과 함께다. 오래도록 대중문화 분야에서 지금껏 현역 기자로 일하고 있는 분이다. 때때로 전화가 와 "○○○ 작가 만날 건데 같이 볼래?" 하고 의향을 묻는다. 그럴 때면 쿵쾅거리는 가슴을 억누르고 서 기자님 옆에 앉아 작가들을 만나곤 한다. 서 기자님은 기자라 작품에 대한 질문을 주로 하시지만, 나는 그럴 때마다 그저 옆에 앉아 입을 다물고 있는 편이다. 내가 궁금한 건 그런 게 아니기 때문이다.

작가분들을 알고픈 마음은 굴뚝 같지만, 종종 열리는 기자들 인터뷰에는 안 나가는 편이다. 인터뷰에 나가면 오가는 이야기가 거의 정해져 있다. 기자분들은 작품의 캐릭터를 묻고, 서사의 메시지를 물으며, 그런 작품을 쓰게 된 계기를 묻는다. 그러면 작가분들도 마치 준비해 온 듯 질문에 답을 한다. 그건 기자의 당연한 역할이고, 어쩌면 인터뷰에 응한 작가분들의 당연한 응대일 게다. 하지만 내가 알고픈 건 그런 게 아니다. 나는 그가 진짜 어떤 사람인지 알고 싶다.

그래서 서 기자님이 작가와 이런저런 대화를 나눌 때, 나는 한 발 뒤로 빠져 작가가 하는 말을 주의 깊게 듣는

다. 말의 내용은 물론이고 그 말을 하는 목소리나 태도를 읽어보려 애쓴다. 그러면 고개가 끄덕여지는 순간이 있다. '아, 이런 분이라 이런 대사를 썼구나. 이렇게 유쾌한 분이라 그토록 웃기는 로맨틱 코미디의 상황들을 잘 만드시는구나. 이렇게 따뜻한 성품이 작품을 따뜻하게 만든 거구나!' 때론 한발 물러나 관망하는 것이 상대를 더 잘 알 수 있는 것 같다고 생각한다.

한 편의 드라마가 사람 같다는 생각을 한다. 화려한 대사와 눈을 휘둥그레하게 만드는 스펙터클 그리고 정신 없이 전개되는 스토리로 메워진 앞면의 화려함만 가득한 드라마도 있지만, 소박하지만 '툭' 하고 가슴을 건드는 대사와 느린 속도로 흘러가지만 여백이 전하는 이야기들에 귀기울이게 하는 드라마도 있다. 너무 앞면에 시선을 뺏기다가는 진면목을 놓칠 수 있다. 드라마도 사람도.

"어느 시인이 이런 말을 했다고 해요. 누군가를 이해하고 싶고 용서하고 싶고 또 사랑하고 싶다면 가는 그의 뒷모습을 오랫동안 바라보라고. 그렇게만 한다면 공연히 이해하고 용서하고 사랑하려 애쓸 필요 없이 그의 외로운 그림자가 어느새 당신을 울리고 있을 거라고. 맞아요, 누군가의 외로움을 헤아리는 것. 저는 이게 사랑의 시작이 아닐까 싶어요." 「사랑이라 말해요」라는 드라마가 시작할 때 등장하는 어느 라디오 DJ의 이 멘트가 너무나 공감 갔던 건 그래서다. 누군가를 진짜 알고 싶다면 그 뒷모습을 오래도록 바라봐야 한다는 것.

'각자 떨어져 앉아 밥만 먹는 회식은 조금 아쉬우니까 서로 아이스 브레이킹 할 수 있는 간단한 질문들을 준비해 봤어요! 식사가 나올 동안 이 질문들로 랜덤하게 서로 이야기 나누셔도 좋고 그냥 편하게 이야기 나누셔도 좋습니다. 1시간 반 동안 일 얘기나 지나치게 사적인 이야기는 잠시 차치해 두고, 서로 조금이나마 알아가는 즐거운 시간 보내셨으면 좋겠습니다.' 어느 회식 자리에서 모임의 장을 맡은 분이 이런 글귀가 적혀진 종이를 건넨 적 있다. 그 글귀 밑에는 '즐겨보는 TV쇼가 있나요?' '요즘 나를 미소 짓게 하는 것은?' '가장 재미있게 본 영화는?' 같은 정말 자잘한 일상의 질문들이 적혀 있었다. 우리 세대에는 낯선 것이라 '역시 MZ세대'라며 미소가 지어졌다. 그러다 '일 얘기나 지나치게 사적인 이야기는 잠시 차치

해두고, 서로 조금이나마 알아가는 즐거운 시간'이라는 문구에 눈이 갔다. 그 많던 회식 자리들의 왁자지껄함이 떠올랐다. 한껏 친하고 가깝다는 걸 애써 보이는 그 자리들 속에서 우리는 서로를 잘 알아가는 시간을 진짜로 가졌던가. 그래서 일 얘기나 지나치게 사적인 이야기 말고 '일상의 질문'들로 조금은 서로를 진짜 알아가는 시간을 보냈으면 한다는 이 쪽지를 만든 사람이 궁금해졌다. 그 세심한 마음이.

'특히 그 문구가 마음에 들었어요.' 그분에게 이렇게 문자메시지를 보냈더니 곧 답장이 왔다. '오늘 날씨가 추워져 기분이 다운되어 있었는데 한껏 온도를 올려주셨네요. 감사합니다.' 그의 답장에 내 마음의 온도도 올라갔다.

―――――――
―――――――
―――――――

"이유가 있었겠죠."

「무빙」

묻고 더블로 가!

누군가의 과거가 궁금해질 때

남자는 소위 말하는 칼빵을 수차례 맞던 조폭이고 여자
는 티켓을 끊으면 몸도 주는 다방 레지다. 인천의 한 모
텔. 그곳에서 장기 투숙하는 남자는 여자에게 매일같이
커피를 시킨다. 딴 생각이 있는 게 아니라 그 여자를 어쩌
다 좋아하게 돼서다. 여자도 남자의 그 마음이 느껴지는
지 불쑥 남자에게 묻는다. "근데 왜 안 물어봐요? 넌 어쩌
다 이런 일하게 됐니? 왜 이런 일하고 사니? 등등?" 그러
자 남자가 말한다. "이유가 있었겠죠."

강풀 원작의 드라마 「무빙」에 등장하는 이 장면은 담

담하지만 가슴을 쿡 찌르는 구석이 있다. 조폭과 티켓 다방 레지. 사연이 없을 수 없다. 하지만 이들은 서로의 과거를 묻지 않는다. 다만 현재를 보고 느낀다. 남자는 여자의 현재 모습 그대로가 좋은 것이고, 과거에 분명 쉽지 않은 일들을 겪었을 테지만 굳이 그걸 묻지 않는다. 그래서 나름의 이유가 있었을 거라는 말로 상대를 믿어주고 이해해 주려 한다.

과거가 없는 현재가 있을까. 그래서 우리는 모두 현재의 누군가의 모습을 보며 과거를 궁금해한다. 과거에 어떤 선택들을 했고, 어떤 일들을 꿈꾸었으며, 어떤 일들이 틀어지거나 좌절되었는지 같은 것이 궁금하다. 궁금한 나머지 물어본다. 그런데 그런 질문들은 때론 상대에게 상처가 되기도 한다. 굳이 꺼내보기 싫은 과거의 상처를 다시금 꺼내보게 만드니 말이다. 그래서 어떤 경우에는 과거를 물었다가 상대가 버럭 화를 내는 당혹스러운 상황을 마주하기도 한다. 상대의 아픈 부위에 말이 가시가 되어 닿은 것이다. 앗, 따가워.

우리는 습관적으로 누군가의 과거를 묻는다. 그 사람

의 어린 시절부터 학창 시절에 대해 묻고, 어떻게 그 일을 하게 됐으며 지금의 회사생활은 어떤지를 묻는다. 또 올여름 휴가에는 어딜 다녀왔는지 묻고, 최근 만나는 사람은 누군지 물으며 심지어 어제 뭘 먹었는지도 묻는다. 그걸 통해 현재의 그가 처한 상황이나 감정, 생각 등을 유추해 보기 위해서다. 하지만 그런 과거의 질문들로 우리는 그의 현재를 과연 알 수 있을까. 과거에 그랬기 때문에 현재가 이렇다는 인과에 의존해 무언가를 판단하다 보면 오히려 선입견과 편견만 깊어질 수 있지 않을까.

과거가 아닌 현재를 살아야 하는 우리에게 필요한 건 어쩌면 지금 현재에 대한 집중이 아닐까 싶다. 과거와 현재가 어떤 선 같은 것으로 이어져 그것이 미래로도 나아간다고 생각하는 건 우리의 관념이 그렇게 믿기 때문이다. 사실 우리는 지금 과거와 상관없이 현재로부터 어디로든 나아갈 수 있다. 그래서 갑자기 다니던 회사를 그만두고 세계여행을 가는 일이 가능한데, 다만 타인들은 그 변화된 행동을 이해하기 위해 논리적으로 과거와 현재를 연결시키려 할 뿐이다. '분명 직장 상사와 큰 트러블이 있었을 거야.'

그러니 때론 묻지 말자. 괜스레 물어서 상처를 내는 일이라면 더더욱 피하자. 다만 "이유가 있었겠지" 하고 현재의 그에게 집중하자. 이건 타인만이 아니라 자신에게도 해당되는 이야기다. 내가 과거에 어떤 일들을 해왔고 어떻게 살아왔기 때문에 앞으로도 그 인과에 맞춰 어떤 삶을 살 것이고 살아갈 것이라고 예단하지 말자. 그건 인생을 너무나 재미없게 만드는 것이고, 또한 우리 모두가 앞으로 할 수 있는 무한한 가능성들을 스스로 잘라내는 일이니 말이다.

혹여나 그런 과거에 대한 궁금증들이 스멀스멀 피어오른다면 「타짜」에서 곽철용이 외쳐 유행어가 됐던 그 말을 떠올려보자. "묻고 더블로 가!" 그렇게 미래를 향한 가능성을 열어보자. 타인에게는 더할 나위 없는 위로가 될 테고, 자신에게는 예측할 수 없는 흥미진진한 삶이 될 테니.

이유가 있었겠죠.

근데 왜 안 물어봐요?
넌 어쩌다 이런 일하게 됐니?
왜 이런 일하고 사니? 등등

"아부지 정말 뭐든 될 수 있고 뭐든 할 수 있어?"

"그럼 뭐든 될 수 있고, 뭐든 할 수 있지."

"담임 말이 다 맞아. 꿈도 없고 미래도 없고
나 아무것도 없어. 그러니까……."

"성산아. 아버지 있잖아. 아버지! 성산이가 투수야.
그리고 아버지는 수비수고.
성산이가 안타 좀 맞고 홈런도 한 대 맞았어. 근데 괜찮아. 왜
냐면 아버지가 뒤에서 열심히 뛰면서 다 막아내고 있어. 성산
이 마운드에서 내려올 때까지 아버지 절대 어디 안 가. 그러
니까 성산아. 우리 포기하지만 말자! 알았어?"

「나빌레라」

걱정 마, 네 옆엔 늘 내가 있어

내 편이 하나도 없다고 느껴질 때

야구공이 내 앞쪽으로 굴러왔다. 저편에서 글러브를 낀 아저씨가 손을 들어올렸다. 던져달라는 것. 나는 공을 집어 그를 향해 던졌다. 오랜만에 던져서인지 정확하진 않았지만 살짝 오른쪽 위로 빗겨간 공을 그가 점프를 하더니 잡아냈다. 그리고는 고맙다는 표시로 인사를 했다. 그는 몸을 돌려 저편에 서 있는 아이를 향해 공을 던졌다. 아버지와 아들처럼 보이는 그들이 하는 캐치볼이 한없이 한가롭고 평화롭게 느껴졌다.

봄날의 어느 일요일이었다. 아파트 뒤편 잔디밭에 봄

날의 햇살을 즐기려는 이들이 모였다. 저마다 자리를 펴고 앉아 챙겨온 도시락을 꺼내 먹는 이들도 있었고, 반려견과 함께 슬슬 산책을 하는 이들도 있었다. 그 속에서 모녀로 보이는 두 사람이 유독 눈에 띄었다. 모두가 활기차게 움직이는 그 틈 속에서 그들은 아주 천천히 걷고 있었는데, 앞에 선 이는 어딘가 곧 넘어질 듯 위태롭게 보였다. 뒤따르는 이는 그를 예의주시하고 있었다. 넘어지기라도 하면 금세 다가가 부축하려는 듯.

그 모습에서 아이가 걸음마를 배우기 시작했을 때가 떠올랐다. 어느 날 아이가 소파 한쪽을 쥐고 일어서더니 뒤뚱뒤뚱 걷기 시작했다. 나와 아내는 그게 뭐라고 환호성을 질렀다. 몇 걸음 걷다가 주저앉고 그래도 또 일어나서 걷고 아이는 그걸 반복하더니 이내 거실 여기저기를 걸어 다니기 시작했다. 그때 우리는 저 모녀처럼 아이의 뒤에서 혹여나 넘어져 다치기라도 할까 바라보면서 따라다니곤 했다.

자세히 보니 앞에 선 이가 어머니였고 뒤따르는 이는 딸처럼 보였다. 배에 복대 같은 걸 차고 있는 걸로 봐서는 몸이 편찮으신 것 같았다. 아마도 겨우내 집 밖을 나가기가 어려웠던 것 같았다. 그래서 따뜻한 햇살이 들어오는 봄날의 기운에 오랜만에 산책을 나왔을 테고, 그런 엄마를 마치 걸음마 하는 딸을 보듯 딸이 뒤따르는 것일 테다. 아마도 그 딸이 어렸을 때는 엄마가 걸음마 하는 딸을 따라다녔을 게다. 그런 돌고 도는 삶의 모양이 저 캐치볼을 닮았다. 던지면 받고, 받으면 던지고, 어린 딸을 엄마가 뒤따르고, 나이 든 엄마를 성장한 딸이 뒤따르고…….

야구라는 스포츠는 인생을 닮았다. 인생 한 방을 '홈런'으로 표현하기도 하고, 인생의 결정적인 순간을 '9회말 2아웃'으로 이야기하기도 한다. 도루니 병살타니 적시타니 하는 표현들이나, 타율, 대타, 구원투수, 돌직구, 삼진아웃, 변화구 같은 야구 용어들도 모두 삶에 비유되곤 한다. 또 '끝날 때까진 끝난 게 아니다' 같은 표현들도 있다.

「나빌레라」에서도 인생을 야구에 빗댄 표현이 등장한다. 중년의 아들이 위기에 몰린 걸 알게 된 노년의 아버지가 어려서 야구를 했던 아들에게 글러브를 사다 주며 하는 말이 그것이다. "성산아, 아버지 있잖아. 아버지! 성산이가 투수야. 그리고 아버지는 수비수고. 성산이가 안타 좀 맞고 홈런도 한 대 맞았어. 근데 괜찮아. 왜냐면 아버지가 뒤에서 열심히 뛰면서 다 막아내고 있어. 성산이 마운드에서 내려올 때까지 아버지 절대 어디 안 가. 그러니까 성산아. 우리 포기하지만 말자! 알았어?" 지금도 노년의 아버지가 자신이 아들의 수비수라며 용기를 북돋워 주는 말을 떠올리면 가슴이 뜨끈해진다.

아마도 저기 캐치볼 하는 아버지의 마음 역시 다르지 않을 게다. '마음껏 던져 봐. 다 받아줄게.' 저기 앞서 위태롭게 걷는 어머니도 딸이 처음 걸음마를 뗐을 때부터 성장할 때까지 수비수의 마음으로 딸을 챙겨봤을 게다. 그저 당연하게 생각하며 심지어 투정부리며 먹었을 딸의 밥을 살뜰히도 챙겼을 거고, 보이지 않고 티나지 않는 집안일을 묵묵히 해왔을 것이며 어쩌면 모진 세상 밖에서 가족을 챙기기 위해 힘한 일도 했을 게다. 그렇게 누군가의 수비수가 되어 살다 나이 들어갔을 게다.

그리고 이제 딸이 수비수가 되었다. 하지만 앞서 위태롭게 걷는다고 어머니의 마음이 다를까. 앞서 걸으면서도 여전히 딸의 수비수처럼 마음을 쓰고 있을 테다. 어머니는 자꾸 딸을 돌아본다. 자신을 챙기는 딸을 걱정한다.

그 모습이 꼭 마음이 오가는 캐치볼처럼 보였다. '걱정마. 네 옆엔 늘 내가 있어.' 이렇게 말하는 듯한. 따뜻한 봄날의 햇살이 쏟아지던 날이었다.

"너무 애쓰지 마. 너 힘들 거야.

모든 걸 다 해주고도 못 해준 것만 생각나서 미안해질 거고

다 니 탓 할거고 죄책감 들 거야.

니가 다 시들어가는 것도 모를 거야.

인생이 전부 노란색일 거야.

노란불이 그렇게 깜박이는데도 너 모를 거야.

아이 행복 때문에 니 행복에는 눈 감고 살 거야.

근데 니가 안 행복한데 누가 행복하겠어?"

「정신병동에도 아침이 와요」

너무 애쓰지 마

너무 이리 뛰고 저리 뛰는 것 같을 때

"오늘 저녁 뭐야?" 저녁 때가 되면 아이들이 그렇게 묻곤 한다. 그러면 아 벌써 저녁이군 싶다. 점심 먹은 지 얼마 되지도 않은 것 같은데, 원고 한두 개 쓰다 보면 나도 모르게 시간이 훌쩍 지나간다. 그제야 냉장고를 뒤적거려 저녁거리로 뭐가 있나 살핀다. "김치찌개 어때? 돼지고기 넣고." 아이들은 착하게도 선선히 "그래"라고 해준다. 사실은 또래 아이들이 좋아할 만한 음식을 더 원할 게다. 하지만 아이들도 알고 있다. 끼니 챙기는 일이 쉽지만은 않다는 걸. 그래서 조금 맛이 덜 나도 "오-" 하는 감탄사를 터트려가며 맛있게 음식을 먹어주는 아이들이 기특하기도, 고맙기도 하다.

다른 집은 어떤지 잘 모르겠다. 지금은 다 커서 제 앞가림을 하는 나이들이지만 아이들이 어렸을 때는 집에서 일하며 아이들 챙겼던 나나, 회사 다니며 챙겼던 아내나 모두에게 육아나 가사 일이 쉽지만은 않았다. 나야 출퇴근을 하는 입장이 아니니 좀 나은 편이었지만, 아내는 출퇴근을 하면서도 집안일까지 챙기려 하는 편이었다. 요리가 익숙하지 않았지만 '일하면서 밥 해먹기' 같은 책을 사서 그 제목처럼 하려 했다. 아내는 자신의 요리는 '스피드'라고 말하곤 했다. 너무 바쁘다 보니 빨리빨리 해치워야 하는 게 습관이 되었던 거였다.

내가 요리에 관심을 가질 수밖에 없었던 건 방학 때문이었다. 방학 때가 되면 어쩔 수 없이 점심을 내가 챙겨야 했다. 직장에서 직급이 올라가기 시작하면서 아내의 퇴근도 점점 늦어졌다. 그러다 보니 자연스럽게 저녁도 내 담당이 됐다. 나는 백종원을 사부님이라 부르며 그의 레시피들을 '복붙'하기 시작했다. 신기하게도 맛이 있어서, 아이들은 점점 아내의 다소 심심하지만 건강한 요리들보다 내가 해주는 맛난(자극적인) 음식을 더 좋아하게 됐다. 아내도 좋아했다. 맛있다고 했다. 물론 그즈음 나는 알게 됐다. 세상에서 가장 맛있는 음식은 누가 해주는 음식이라는 걸.

요리가 어려운 건 방법을 몰라서도 아니고, 그게 익숙해서도 아니었다. 그보다 어려운 건 그걸 매 끼니마다 해야 된다는 사실이었다. 아침 먹으면 점심이 금방 오고, 점심 먹으면 저녁이 금방 오는 그런 반복 속에 들어가게 된다는 것. 그건 미칠 노릇이었다. 그래서 아이들이 "오늘 점심은 뭐야?" "오늘 저녁은 뭐야?"라고 자꾸 물어보면 어느 순간에는 짜증이 났다. 일에도 방해가 됐다. 한참 몰입해서 일을 하고 있는데 그렇게 물어보는 순간, 머릿속으로 불쑥 "오늘은 뭘 먹나" 하는 고민이 고개를 들이밀면서 일을 더 이상 할 수 없게 됐다.

반복적인 일에 나만의 보상이 필요할 것 같아 간간히 저녁밥 대신 안주를 차려 아이들에게 저녁이라며 내놓기도 했다. 골뱅이무침, 두부김치, 김치전, 삼겹살 구이, 수육 등등. 그런 안주를 내놓을 때는 거기 딱 맞는 술을 준비해 뒀다가 반주로 꺼내 먹곤 했다. 하루 종일 일하면서 밥해 먹은 나에게 주는 보상이랄까. 그때는 그 안주를 반찬삼아 밥을 먹으면서도 별 이야기가 없던 아이들이 성인이되어 같이 술 한잔을 마시게 됐을 때 그때 이야기를 했다.

"아빠 덕분에 나도 안주를 반찬으로 좋아하게 됐잖아."

지나간 이야기로 지금은 웃으면서 말할 수 있지만, 사실 그때는 참 애를 쓰면서 살았다는 생각이 든다. 일하랴, 아이들 챙기랴. 나도 나지만, 아내는 정말 그 둘 다를 챙기려고 이리 뛰고 저리 뛰곤 했다. 그래서 드라마를 보다가도 워킹맘들의 이야기가 나오면 나도 모르게 가슴이 먹먹해진다. 「정신병동에도 아침이 와요」라는 드라마가 그랬다. 에피소드 중 회사 일에 아이까지 챙기며 정신없이 바쁘던 워킹맘 이야기에 코끝이 찡해졌다.

이 워킹맘은 어느 날 아이가 학교폭력을 당했다는 사실을 알고 그 충격에 가성치매 증상을 보인다. 일하느라아이를 제대로 챙기지 못했다는 자책감이 있던 차에, 그런 사정은 아랑곳없이 끊임없이 울려대는 휴대폰에 오랜우울증을 갖게 됐고 그게 가성치매로까지 이어지게 된 거였다. 의사는 '자서전 처방'을 내리는데, 자신의 인생에서 중요했던 사건들을 기록하되 그때 느꼈던 감정 중심으로 쓰라는 거였다. 의사는 그렇게 써온 자서전을 다시 읽으며 거기에서 부정적인 감정 표현을 노란 형광펜으로 그어보라고 하는데, 처음에는 별로 없던 노란 줄이 아이가 태어난 이후부터 빼곡하게 채워져 있었다. 한 아이를 키우면서 일한다는 게 얼마나 '애를 쓰게' 만드는 일인가를 말해주는 장면이었다.

마침 이 정신병동의 간호사 중에도 그런 워킹맘이 있었는데, 그녀는 그래서 이 환자가 겪고 있는 걸 자기 일처럼 여겼다. 그런데 어느 날 이 환자가 정신을 잠깐 놓은 상태에서 이 간호사를 젊은 날의 자신으로 착각하며 이렇게 말한다. "너무 애쓰지 마. 너 힘들 거야. 모든 걸 다 해주고도 못 해준 것만 생각나서 미안해질 거고 다 니 탓할 거고 죄책감 들 거야. 니가 다 시들어가는 것도 모를 거야. 인생이 전부 노란색일 거야. 노란불이 그렇게 깜박이는데도 너 모를 거야. 아이 행복 때문에 니 행복에는 눈 감고 살 거야. 근데 니가 안 행복한데 누가 행복하겠어?" 그렇게 스스로에게 말하며 눈물을 흘리던 환자는 정신이 돌아오자 자신의 손을 꼭 쥐어주고 있는 간호사를 발견하고는 미안하다고 한다. 그러자 간호사는 "아니에요. 괜찮아요" 하며 미소를 지어줬는데, 그 눈에는 눈물이 가득했다.

그 장면을 같이 보던 아내 역시 눈물을 찍어내며 말했다. "워킹맘은 어디서나 다 죄인이야. 직장에서도 집에서도." 그 말이 딱 맞았다. 괜스레 명랑한 척하며 아내에게 말했다. "너무 애쓰며 살지 말자. 그런 의미에서 저녁은 치킨에 맥주?" 아내가 특유의 무감한 목소리로 말했다. "오케이-"

"우리 아버지요? 아버지 마음속엔 모든 게 다 있어요.

법도 철학도 문학도 다 아버지 마음속에 있어요.

누가 가르쳐준 것도 배운 적도 없는데

차곡차곡 쌓여 있어요.

세상에 하나밖에 없는 시집이에요.

우리 아버지가. 아버지한테는,

아버지 마음속에는 말보다 생각이 훨씬 많거든요.

오랫동안 생각한 수많은 생각 중에

고르고 고른 몇 개만 말이 돼서 나와요."

「인간실격」

삼가

너무 많은 말들이 차오를 때

'○○○의 부친상을 알립니다.' 과 동기들의 단톡방에 이런 부고를 알리는 문자가 점점 많아진다. 나이 들었다는 증거다. 젊어서는 누가 결혼한다는 소식들이 많았는데, 이제는 부고 문자가 늘고 있다. 좀 지나면 자식들이 결혼한다는 소식들이 더 많아지려나.

부고 문자가 올라오면 그 뒤로 '삼가 고인의 명복을 빕니다'라는 친구들의 글귀가 줄줄이 붙는다. '심심한 애도', '깊은 위로를 전합니다', '영원한 안식을 기도합니다' 같은 다른 표현들도 있지만 '삼가 고인의 명복을 빕니다'

가 단연 압도적으로 많다. 누군가 글을 올리면 기다렸다는 듯이 수다들을 쏟아내곤 하는 단톡방이지만, 부고 문자 뒤에는 '삼가 고인의 명복을 빕니다' 같은 한 줄의 글귀들이 장례식장에 세워진 화환들처럼 하나씩 채워진다. 순간 숙연해지는 분위기랄까.

보통은 '삼가 고인의 명복을 빕니다'라고 쓰는데, 때로는 이를 줄여 '고인의 명복을 빕니다'라고 할 때도 있었다. 왜 그랬는지 모르지만, 나는 문득 '삼가'가 무슨 뜻일까 궁금해졌다. 무언가를 '삼가한다'는 뜻일까. 네이버 국어사전에 검색을 해 봤다. 그런 뜻이 아니었다. '겸손하고 조심하는 마음으로 정중하게'라는 뜻이었다. 새삼 이 부사하나가 가진 의미가 이토록 깊다는데 적이 놀랐다. 겸손, 조심, 정중이라니.

'삼가'라는 단어의 뜻을 챙겨봐서일까. 양복을 챙겨입고 넥타이를 매는 마음이 차분해진다. 친구의 부모님이라 얼굴을 뵌 적도 없지만, 한 사람으로서 고인 앞에 마음을 내려놓게 된다. 겸손과 조심과 정중이 저절로 생겨난다. 친구의 부모님이 아니라도 마찬가지였을 게다. 고인이 나오는 그리 상관없는 사람이라도, 또 그저 필부의 삶을 살았던 사람이라도 그건 다르지 않다. 살면서는 그 사람이 어떤 일을 하고 어떤 지위를 가졌거나 하는 것들에 따라 우리의 마음이 달라지지만, 고인 앞에서 우리는 모두 고개를 조아린다.

누군가의 죽음은 우리를 겸손하게 하고 조심하게 하며 정중한 마음을 갖게 한다. 그런 일은 나와 전혀 상관없는 것처럼 여기며 살다가도, 가끔 그렇게 죽음을 마주함으로써 우리는 '삼가' 하게 된다. 그러면 쉴 새 없이 떠들며 살아오던 우리는 남겨진 고인의 가족 앞에서 뭐라 심심한 위로의 말 한마디를 꺼내놓는 것조차 조심스러워진다. 그래서 말 대신 침묵으로 상대의 눈을 바라보곤 하는데, 때론 침묵이 더 많은 말들을 해준다는 걸 알게 된다.

「인간실격」이라는 드라마에서 부정은 아버지의 죽음 앞에 오열하며 이렇게 말한다. "우리 아버지요? 아버지 마음속엔 모든 게 다 있어요. 법도 철학도 문학도 다 아버지 마음속에 있어요. 누가 가르쳐준 것도 배운 적도 없는데 차곡차곡 쌓여 있어요. 세상에 하나밖에 없는 시집이에요. 우리 아버지가. 아버지한테는, 아버지 마음속에는 말보다 생각이 훨씬 많거든요. 오랫동안 생각한 수많은 생각 중에 고르고 고른 몇 개만 말이 돼서 나와요.”

부정은 대필작가였다가 그것마저 박탈된 삶 앞에서 자신의 삶이 실패했다 말하지만, 그의 아버지는 혼자 살며 하나에 30원 하는 박스 줍는 일을 하면서도 투덜대는 딸에게 “세상에 쉬운 일이 있냐?”고 되묻곤 했다. 가진 것과 명성으로 가치가 평가되는 세상 때문이었을까. 그 아버지가 두툼한 패딩을 입고 박스를 담을 카트를 끌고 걸어가는 그 뒷모습이 잊히지 않는다. 아마도 그 뒷모습에서 세상 모든 아버지들의 침묵과, 그 침묵 뒤에 남겨져 있을 무수한 말들을 들었기 때문일 게다.

말은 마치 감정으로 만들어진 가시 같아서 꺼내놓으면 누군가를 찌르기도 한다. 그래서 함부로 꺼내놓으면 그 진의가 닿기도 전에 뾰족한 끝을 느낀 상대가 이를 피하거나 외면하게 만든다. 그걸 잘 아는 이들은 그래서 말을 아낀다. 그 침묵에는 삼키고 삼킨 더 많은 말들이 있기 마련이다. 나이 들어가며 말수가 점점 줄어드는 건, 그 말이 가진 가시를 잘 알고 있어서가 아닐까. 그래서 더 감정이 예민할 수 있는 고인의 가족들 앞에 가면 말을 하기보다는 침묵하며 '삼가' 하게 되는 것이 아닐까.

누군가의 죽음 앞에서만이 아니라 우리의 일상에서도 '삼가' 하는 마음으로 살아야겠다고 마음먹지만 늘 이런 마음은 장례식장을 벗어나면서 작심삼일이 되고 만다. 죽음이 삶을 말하고, 침묵이 그 안에 담긴 더 많은 말들을 건넨다. 부재는 오히려 존재를 드러낸다. 그러니 너무 많은 말들이 차오를 때는 잠시 침묵하는 것이 좋을 때도 있다. 삼가.

"나 이런 말 하기 진짜 싫은데
나 아저씨랑 같이 있는 게 너무 좋단 말이야.
나한테 아무것도 기대하지 않고 바라지 않는 사람이랑
내가 배고픈지 졸린지 심심한지 그런 관심 주는 사람이랑 나
처음 있어 본단 말이야.
제발 가지마. 아저씨 가지마."

「유괴의 날」

잘 먹고, 잘 자고, 잘 놀기를

특별한 이벤트들조차 둔감해질 때

"야, 저 긴 목 좀 봐." 기다란 목이 불편하지도 않은지 슬슬 걸어가 높은 곳에 먹이로 놓인 건초를 한가롭게 먹고 있는 기린을 가리키며 말했다. 몇 번을 봤지만 볼 때마다 신기한 동물이었다. 하지만 아직 여섯 살 어린아이에게 그건 전혀 관심을 끌지 못하는 듯했다. 저 신기한 동물을 보라고 아무리 이야기해도 아이는 관심이 없었다. 대신 아이의 시선을 끄는 건 바로 눈앞에 있는 이름도 알 수 없는 평범한 풀이었다. 아내와 나는 허탈했다. 한껏 주말에 시간 내서 신기한 동물 구경을 시켜주려 과천에 있는 동물원까지 갔던 거였는데, 자신의 눈높이에 보이는 것만 보인다는 듯 딴청을 부리는 아이라니.

길쭉한 코를 손처럼 쓰는 코끼리 앞에서도, 아슬아슬한 줄 위를 걷듯이 자유자재로 옮겨 다니는 원숭이 앞에서도, 또 우리 안에서 슬슬 움직이는데도 경외감이 느껴지는 호랑이 앞에서도 아이는 별 반응이 없었다. 유모차 앞에 있는 것들에만 관심을 주다가, 칭얼대기 시작해 우유를 줬더니 먹고는 급기야 잠이 들어버렸다. 아이를 위한 첫 동물원 체험은 그렇게 아내와 나의 동물원 갓길 산책으로 끝이 났다. 그리고 이 이야기는 두고두고 동물원을 찾을 때마다 우스개로 꺼내놓는 단골 레퍼토리가 됐다. "다 때가 있는 법이라니까. 너무 어려서 뭘 체험시키면 뭐해. 기억도 못 하는데." 내가 그렇게 말하면 아이들은 반박하듯 말하곤 했다. "기억이 단가? 느낌이 주는 좋은 영향이 분명 있었을 거야."

아이들 핑계를 댔지만 사실 동물원은 내가 좋아하는 곳이었다. 그리고 아내는 미술관을 좋아했다. 그래서 자연스럽게 우리는 아이들을 데리고 영화 「미술관 옆 동물원」의 배경인 과천에 있는 동물원과 미술관에 자주 놀러 갔다. 미술관에 차를 주차해 놓고 그곳 북문에서 탈 수 있는 스카이 리프트를 타고 호랑이와 표범 같은 맹수 우리가 있는 리프트 종점에 내린다. 그리고 슬슬 걸어 내려오며 낙타며 사자, 코끼리, 고릴라, 하마, 기린 등을 보는 게 우리의 정해진 산책 루틴이었다. 아이들이 어렸을 때는 유모차를 접어서 리프트를 탔는데 화창한 봄날 햇볕을 받으면서 발밑으로는 파릇파릇한 나뭇잎들을 보며 올라가는 리프트의 맛이 쏠쏠했다. 비가 올 때도 우산을 쓰고 리프트를 타고 올라 동물원을 슬슬 걸어 내려오기도 했는데, 별로 사람도 없는데다 동물들도 비를 피해 들어가 조용해진 동물원의 쓸쓸함과 고적함 같은 것도 나쁘지 않았다.

산책을 마치고 동물원을 나서면 다음 코스는 미술관이었다. TV로 바벨탑을 세워놓은 백남준의 미디어아트 '다다익선'을 따라 나선형으로 되어 있는 계단을 올라 층층이 있는 전시실을 슬슬 들러본다. 다리가 슬슬 아파 올 땐 카페에 앉아 커피 한잔 마시거나, 출출하면 피자 같은 걸 시켜서 먹는 맛도 좋았다. 그렇게 아이들 핑계를 댔지만 사실은 우리가 좋아해 늘 정해진 코스대로 동물원과 미술관을 다니면서 아이들도 컸다. 기린이나 코끼리 앞에서도 별 감흥을 보이지 않던 아이들은 어느새 훌쩍 자라서 연신 셀카로 인증샷을 찍기 바빴다. 그곳을 잘 찾지 않게 된 건 일산으로 이사 오고 나서였다. 너무 멀어져 가기 부담스러워진 것도 있지만 아이들도 우리들도 각자 바쁘던 시절이었다.

사실 지금 생각해 보면 나 역시도 아이들처럼 동물원의 동물들이나, 미술관에 전시되어 있던 그림들에 대한 기억이 거의 없다. 아마 당시에는 있었을지 모르지만 살아가면서 그 위로 무수한 다른 기억들이 얹어지고 채워지면서 그 구체적인 기억들은 덮여졌을 게다. 하지만 분명히 남아 있는 건 그때의 동물원과 미술관이 주던 특유의 느낌 같은 것들이다. 어딘지 한가함과 쓸쓸함이 교차하는 듯한 동물원의 느낌과, 세상살이에 들떠 있던 마음을 착 가라앉혀 주는 미술관 특유의 공기 같은 것들, 특히 가족이 함께 반복해서 걸었던 산책길에서의 즐거웠던 느낌이 떠오른다.

때론 소중한 사람들을 위해 무언가 특별한 경험을 시켜주고픈 마음이 생긴다. 어린아이에게 동물원을 찾아가 신기한 동물들을 눈앞에 보여주려는 그런 마음 같은. 원했던 반응이 나오지 않아 실망하기도 하지만, 지나고 보면 남는 건 구체적인 경험 그 자체보다 그런 결심에 숨겨져 있는 진심이나 그 과정에서 갖게 되는 느낌 같은 것들이라는 걸 알게 된다. 특히 나이 들면서 점점 삶이 익숙해지고 그래서 특별한 일들도 둔감해져 가면서 삶의 행복이라는 게 그리 대단한 이벤트 자체에 있는 게 아니라는 걸 실감하게 된다. 목이 긴 기린이나 코끼리를 보며 놀라는 그런 즐거움보다 그저 잘 먹고 잘 자며 같은 시간과 공간을 함께하는 일이 주는 행복감이 더 크게 다가온다.

"나한테 아무것도 기대하지 않고 바라지 않는 사람이랑 내가 배고픈지 졸린지 심심한지 그런 관심 주는 사람이랑 나 처음 있어 본단 말이야." 「유괴의 날」에서 어리숙하고 선한 유괴범에게 납치됐지만 오히려 그 아저씨와 함께한 시간이 너무나 좋아 헤어지기 싫어하는 천재 소녀가 하는 그 말을 들으며 나는 그 동물원과 미술관을 떠올렸다. 대단한 이벤트가 행복을 줄 것 같지만, 실상 진짜

행복은 그 시간을 같이하는 것만으로도 충분하다고 그
소녀가 말하고 있었기 때문이다. 동물에는 별 관심도 없
었지만 우유 먹고 잠든 아이를 태운 유모차를 슬슬 끌고,
핫도그를 먹으며 유유자적하며 걷던 그때 의외의 행복감
이라니. 그때의 좋았던 공기들이 기분 좋게 귓가를 간지
럽힌다. 그저 잘 먹고, 잘 자고, 잘 노는 일에 관심을 주고
받는 것만으로도 충분히 행복하지 않냐고 속삭이며.

"진짜 가여운 건 말야, 돼지는 고개를 들 수가 없어서

항상 땅만 보며 살아야 한다는 거야.

오직 돼지가 하늘을 볼 수 있는 유일한 방법은 하나.

그건 바로 넘어지는 거지.

넘어져봐야 지금껏 볼 수 없었던

또 다른 세상을 볼 수 있는 거야.

돼지도 우리 사람도."

「나쁜 엄마」

가끔 넘어져도 괜찮아

삶에 몸살이 날 때

갑작스러운 몸살. 열이 펄펄 끓더니 급기야 온몸이 부들 부들 떨리기 시작한다. 이러다간 죽겠다 싶어 일정을 모두 취소하고 침대에 눕는다. 혼자 끙끙 앓는다. 운동해도 이렇게는 안 흘릴 땀이 온몸에서 흘러내린다. 갑자기 기억 하나가 살갗의 감각을 타고 떠오른다. 몸살이 나서 학교를 가지 않았던 날, 부모님은 일하러 나가셨고 혼자 이불 위에 누워 있는데 열꽃이 피었던 기억이다. 끙끙 앓으며 지금 학교에서 친구들은 뭘 할까를 떠올렸던 것 같다. 나만 혼자 다른 시간대에 떨어져 외딴 방에 누워 있는 듯한 기분이 들었다. 매일 눈 뜨면 당연하다는 듯이 돌아가던 세상이 잠시 멈춰 선 것 같은 그 기분은, 매번 몸살을 앓을 때마다 찾아오는 손님처럼 살갗을 타고 느껴진다. 몸에 각인된 기억인지라 그런 모양이다.

죽을 것처럼 뜨겁고, 온통 젖을 정도로 땀을 흘리던 몸은 저도 모르게 스르륵 들어버린 잠 속에서 조금씩 식어내리곤 했다. 그러면 내 몸속에 박혀 있던 돌덩이 같은 게 하나 빠져나간 것처럼 한편으로는 시원하고 한편으로는 허탈했다. 열기가 빠져나간 후에 남는 시원함은 마치 뜨거운 한증막에서 밖으로 나왔을 때의 청명함처럼 느껴졌다. 아프기 전에는 몰랐던 몸의 감각들이 새삼 깨어나는 듯한 느낌이랄까.

깨어 보니 오후. 빠져나간 열기만큼 비워진 몸이 아플 땐 생각도 안 나던 배고픔으로 채워진다. 라면 하나를 끓여 허겁지겁 먹고는 소파에 앉아 멍하게 있는데 문득 이런 내가 낯설어진다. 참 오랜만이다. 이렇게 멍하니 있는 시간이. 갑자기 안 하던 짓을 한다. 옷을 챙겨 입고 산책에 나선다. 무작정 집을 나서 걷다 보니 차를 타고 늘 지나치곤 했던 창릉천 앞에 서 있다. 어제 잔뜩 흐렸던 하늘과 급기야 쏟아졌던 비는 그쳤고, 습기 먹은 공기는 한껏 청량해졌다. 그 날씨의 변화가 꼭 내 몸 같다.

평상시에는 거의 바닥을 보이던 창릉천의 물이 불어나 제법 물살이 세다. 천변으로 내려와 무작정 천을 따라난 길을 걷는다. 꽤 많은 사람들이 그 길을 걷고 있다. 끝까지 가면 한강까지 닿는다는 그 길에는 슬슬 산보하는 사람, 마라톤 하듯 뛰는 사람, 자전거나 퀵보드를 타는 사람들이 지나간다. 한참을 걷다 보니 포장길은 사라지고, 풀들만 잔뜩 자란 길이 펼쳐진다. 잠시 망설이다 그 길로 들어선다. 풀들이 발목에 스치며 상처를 내는 기분이 들지만 나는 아무런 생각 없이 그저 걸어나간다.

한 시간 정도를 걷고 또 걷다가 징검다리를 발견하고는 문득 이제 돌아가야겠다는 생각을 한다. 징검다리를 건너 이제는 물길을 거슬러 올라간다. 왔던 길을 되돌아가는 것이지만, 시야가 정반대라 그 길 또한 새롭다. 오르다 보니 저 앞에 우뚝 솟아 있는 우리 아파트가 보인다. 내가 저런 데 살고 있었나 싶을 정도로 낯설다. 그래서일까. 다시 집으로 돌아오는 길은 모든 게 새로워 보인다. 문득 하루하루 바쁘게 이리 뛰고 저리 뛰며 살아온 내 일상도 낯설어진다. 무엇 때문에 그렇게 날 혹사하며 뛰고 또 뛰었던가. 몸살이 날 정도로.

몸이 아프다는 건 일종의 신호다. 태어나 성장해 사회적인 삶을 살게 되면서 우리는 자연적인 삶에서 점점 멀어진다. 배고프면 먹고, 졸리면 자고 하는 그런 삶에서 벗어나 배고파도 참고, 졸려도 애써 깨워가며 해야 할 일들을 하는 삶을 살아간다. 그것이 보통의 삶이지만, 여전히 자연일 수밖에 없는 몸은 가끔씩 그 인위적 삶에 몸살을 앓는다. 그러니 몸이 아프다는 건 어딘가 이 인위적 삶이 너무 과도하거나 엇나가 있다는 걸 말해주는 신호다.

「나쁜 엄마」를 보면서 나는 내내 이 '몸살'을 떠올렸다. 그 몸살이 보내는 신호를. 힘이 없어 무력하게 죽은 남편 앞에서 절망하며 아들만큼은 힘 있는 사람으로 만들겠다 결심한 이 '나쁜 엄마'는 아들을 지독하게 몰아세워 끝내 검사를 만든다. 하지만 알고 보니 아들은 힘없는 사람들을 돕는 검사가 아니라 돈과 권력을 좇는 괴물이 되어 있었다. 하지만 불행인지 다행인지 그렇게 돈과 권력을 좇아 다시는 돌아오지 않을 것 같던 아들이 엄마 품으로 돌아오는 사건이 벌어진다. 끔찍한 교통사고로 7살 기억으로 되돌아간 것. 엄마는 무너져 내린다. 몸살을 앓는다. 그러면서 달라지다. 검사가 되지 않으면 마치 큰일이라도 날 것처럼 살았던 나쁜 엄마는 교통사고로 침상에서 일어나지도 못하는 아들이 그저 일어나기만을 바란다. 검사 같은 거창한 권력에 대한 꿈이 아니라, 평범한 보통의 삶을 회복하기를 바라게 된다. 몸살 끝에는 회복되는 보통의 삶이 있기 마련이다.

병은 때론 자신이 흘러왔던 삶에서 바깥으로 나오게 해준다. 그리고 자신이 몸담았던 그 흐름의 정체를 보게 해준다. 멈춰서야 비로소 보이는 것들이 있지만, 매일 달려나가기만 하는 삶은 진짜 봐야 될 것들을 보지 못하게 만들기 때문이다. 그러니 넘어져야 비로소 하늘을, 다른 세상을 볼 수 있게 되는 돼지처럼 우리도 가끔 넘어져 볼 일이다. 어쩌면 의도적으로 늘 달리던 궤도를 벗어나 볼 일이다. 그곳에서 내가 달려온 궤도를 한 번씩 바라볼 일이다.

"아무리 생각해 봐도

지금 내 처지에 마술 같은 거 배운다는 거

그건 말이 안 돼요.

하고 싶은 것만 하면서 살 순 없어요. 아저씨처럼.

잠깐이지만 감사했습니다."

"하고 싶은 것만 하라는 게 아니야.

하기 싫은 일을 하는 만큼

네가 하고 싶은 일도 하라는 거지."

「안나라수마나라」

하고 싶은 일도 하면서 살아요

하고 싶은 게 뭐였나 싶을 때

"자, 이 동전을 잘 봐봐." 아들은 오른손에 집고 있는 동전을 왼손으로 옮겨놓으며 오른손 검지로 동전을 쥐고 있는 왼손을 가리켰다. 그러더니 왼손 새끼손가락부터 하나씩 손가락을 폈다. 신기하게도 왼손에는 동전이 없었다. 그러더니 오른손에 든 동전을 내게 보여줬다. "자, 이제 이 엄지손가락을 잘 봐봐." 오른손으로 왼손 엄지손가락을 쥐더니 옆으로 쭉 잡아 당겼다. 그러자 신기하게도 왼손 엄지손가락이 분리되어 나오는 듯한 착시효과가 생겼다. 아들의 깜짝 마술쇼에 나는 어안이 벙벙한 표정이 됐다. 도대체 어떻게 한 거지? 아들은 마치 마술사나 된 듯한 포즈로 마무리 인사를 했다.

지금은 대학생이 되었지만 초등학생 시절 아들은 갑자기 마술이 배우고 싶다고 했다. 어디서 누군가 하는 걸 봤던 모양이었다. 아내는 아들에게 마술책이며 키트를 사줬다. 아들은 뭐가 그리도 재밌는지 방에 들어가 마술책에 나온 대로 키트를 활용해 마술 연습을 하곤 했다. 때론 유튜브를 찾아보면서 쇼적인 요소들까지 챙긴 아들은 그렇게 연습한 마술을 가족들 앞에서 보여줬다. 여기 좀 보라며 초롱초롱 했던 그 눈이 지금도 선하다. 놀라는 우리의 모습을 그렇게 좋아할 수가 없었다.

"그거 어떻게 하는 거니? 아빠도 좀 가르쳐줘봐." 그러자 아들은 친절하게 동전 속임수와 손가락 분리 마술을 천천히 알려줬다. 따라 해보려 했지만 잘되지 않았다. 동전을 오른손에서 왼손으로 넘기는 척하면서 사실은 오른손에 쥐고 있는 건데, 보기엔 쉬워도 직접 해보니 어색하기 이를 데 없었다. 손가락 분리 마술도 마찬가지였다. 먼저 오른손 엄지를 잘 접어서 왼손 엄지처럼 보이게 하는 게 핵심인데 손가락이 잘 접히지 않았다. 이걸 어떻게 했냐고 묻자 의외의 답변이 돌아왔다. "재밌잖아."

재미로 무언가를 한다는 게 언젠가부터 낯설게 느껴졌다. 젊어서는 기타 치고 노래하는 걸 좋아해서 방구석에 앉아 노래책을 보며 기타 연습을 하기도 했었고, 그래서 대학 때는 기타 들고 다니며 교정에서 친구들과 노래도 하곤 했는데. 너무 먼 얘기처럼 느껴졌다. 내가 치던 기타는 이제 아들 손에 들려졌다. 마술을 배우기 시작하던 때 기타에 관심을 갖더니 유튜브를 보면서 혼자 기타를 배우기 시작했다. "아빠. 기타가 너무 낡았어"라고 하길래 어쩔 수 없이 새 걸 사줬고, 클래식 기타를 쳐보고 싶다길래 낙원상가에서 클래식 기타를 하나 사다 줬다.

그러더니 고등학생이 돼서는 전자 기타도 쳐보고 싶다고 했다. 고등학생이 전자 기타 칠 시간이 있을까 싶었지만 '그래 그 힘든 입시 준비하는데 가끔 기타도 치면서 놀아야지' 하는 생각이 들어 결국 또 낙원상가에 갔다. 그렇게 집에 악기들이 하나둘 차곡차곡 쌓였다. 기타부터 시작해 젬베, 하모니카, 팬플룻으로 가더니 어디서 듣도 보도 못한 민속 악기들까지 찾아 낙원상가를 어슬렁거리는 나를 발견하게 됐다. "뮤지션이 될려고 그러나?" 낙원 상가에서 악기를 사들고 오는 아들에게 투덜대듯 말하곤 했는데, 아들은 그럴 때마다 단호하게 선을 그었다. "이건 취미야."

나이 들수록 취미라는 걸 잊고 살게 된 것 같았다. 매일 루틴처럼 반복되는 일상은 콘텐츠들을 보고, 글을 쓰고, 일 때문에 굳어진 아픈 몸을 뒤집기 위해 간간이 운동을 하는 게 전부였다. 취미를 즐길 시간이 없었다. 밀린 원고들은 어디서 그렇게 계속 오는 건지, 버리고 버려도 다시 생겨나는 카드 마술처럼 하나를 써서 치워버리면 또 하나가 나타나는 식이었다. 그래서 휴가 때 가족이 다함께 여행을 가도 수영장 한쪽 구석에서 노트북을 펴놓고 글을 쓰곤 했다. 그러면 아들이 쓱 다가와 말하곤 했다. "뭐 해. 얼른 들어와."

늘 일이 먼저라고 입버릇처럼 말씀하셨던 부모님을 보며 자라서인지 눈앞에 닥친 일들을 처리하지 않으면 다른 걸 하기가 힘들었다. 그래서 하고 싶은 일들을 저 뒤로 밀어놓다 보니 늘 해야만 하는 일들로 채워지게 됐다. 그리고 어느 순간 돌아보니 내가 하고 싶은 일이 잘 기억나지 않았다. 분명 눈앞에 있는데 사라진 것처럼 보이는 동전과 엄지손가락처럼. 어쩌다 이렇게 된 거지?

　"하고 싶은 것만 하라는 게 아니야. 하기 싫은 일을 하는 만큼 네가 하고 싶은 일도 하라는 거지." 「안나라수마나라」에서 생계에 지쳐 꿈을 잃어버린 소녀에게 어느 날 갑자기 나타난 한 마술사는 그렇게 말한다. 어른이지만 비현실적 세계에 빠져 있는 듯한 이 마술사의 이야기는 나이 들어 현실의 세계에만 묶여 살아가는 내게 가끔은 해야 할 일 바깥으로 나와 하고픈 놀이를 해보라는 말처럼 들렸다. 하지만 어디 그게 쉽나. 그건 눈앞에서 트릭의 실체를 보여줘도 따라 하기 쉽지 않은 마술처럼 어려운 일이었다.

　"처음부터 쉬운 게 어딨어. 자꾸 해 봐야 쉬워지고 재밌어지지." 어느 날 아들이 내게 주문을 걸듯 그렇게 말했다. 그 말이 맞았다. 재미있는 것도 연습이 필요하다. 억지로라도 일 바깥으로 나와 헛짓을 하지 않으면 아무 일도 벌어지지 않을 게다. 그래서 매일 걷기로 했다. 한 시간 정도 땀이 날 정도로 무작정. 사색을 하는 그런 게 아니라 아무 생각도 안 하고 온전히 몸에만 집중하는 시간을 갖기로 했다. 그렇게라도 일 바깥으로 나오는 연습을 하다 보면 어느 날 마술처럼 내게도 하고 싶은 일들이 막 떠오르지 않을까 싶어서다.

그리고 알게 됐다. 내가 걷는 걸 상당히 좋아한다는 걸. 안나라수마나라-

하고 싶은 것만 하라는 게 아니야.
하기 싫은 일을 하는 만큼 네가 하고 싶은 일도 하라는 거지.

"우린 자꾸만 누군가를 좋아한다.

아무런 보상을 받지 못할 수도 있는데

시간과 마음을 다 바치면서

우리는 왜 누군가를 좋아할까."

「좋아하면 울리는」

좋아했으니까 됐다

나만 좋아한다고 느낄 때

"요즘은 연애 리얼리티처럼 1박 2일로 여행을 함께 가기도 해요. 거기서 남자1호, 여자1호 이런 식으로 만남을 추구하기도 하죠." 연말에 작은 강연 행사를 마치고 가진 조촐한 뒤풀이 자리, 내 앞에 앉은 남자는 자신이 하고 있다는 데이팅 앱에 대한 경험들을 늘어놓고 있었다. 학창시절 미팅이나 소개팅을 주로 했던 나로서는 신세계가 따로 없었다. 그는 핸드폰을 열어 자신이 쓰고 있다는 데이팅 앱들을 보여줬다. 세 개를 쓴다는데 그중 어떤 건 프로필 사진으로 등급이 매겨져 같은 등급끼리 매칭이 되는 것도 있었고, '당근마켓'처럼 지역 기반으로 동네 친구가 먼저 되는 방식의 앱도 있었다. 또 하나는 아예 학력을 조건으로 내세운 앱으로 이른바 SKY 대학이어야 가입이 되는 앱이라고 했다. "처음에는 매칭이 잘돼서 자주 대화도 나누다 실제 만나기도 했는데……"

나는 옛날 사람처럼 초창기 PC통신 시절을 떠올렸다. 그때 '뮤직매니아'라는 음악 동호회에 가입했었는데, 온라인에서 채팅을 하곤 했고 가끔은 오프라인 만남을 가지기도 했었다. 그런데 대부분 직접 만나고 나면 실망하는 경우가 많았다. 채팅으로 나눴던 대화가 만들어낸 이미지가 실제 만났을 때 부조화를 이룬다고나 할까. 모니터 창에다 대고 '하이루. 방가방가. 어섭셔……' 할 때는 참 좋았는데 직접 만나면 환상이 깨지면서 '이만 총총 =3=3=3' 하곤 했었다.

그 남자도 나와 비슷한 경험을 하고 있던 모양이었다. 뭐가 잘못된 건지 요즘은 자신에게 대화 신청도 거의 들어오지 않고 매칭도 잘 안돼 앱 구독을 그만할까 생각 중이라고 했다. 그러더니 이번에는 자신이 좋아하는 걸그룹에 대한 이야기를 들려줬다. 한창 덕질에 빠져 있다면서 지갑을 꺼내더니 여러 장의 포토카드를 보여줬다. 신용카드처럼 디자인 되어 있는 포토카드였는데 거기에는 걸그룹 멤버들의 사진이 들어 있었다. "이거 비매품이에요. 가끔 카페 같은 걸 빌려서 팬미팅을 하는데 거기 가서 받아온 거예요."

나는 또 옛날 사람처럼 일일찻집을 했던 언젠가를 떠올렸다. 대학 시절 누나가 하던 노래모임이 있었는데 거기서 일일찻집을 했다. 한편에 노래를 부를 수 있는 공간이 마련되어 있어, 그 노래모임 사람들이 한 사람씩 올라 기타를 치며 노래를 불렀다. 나는 서빙을 도와주러 간 거였는데 무대에 아무도 없는 타임에 등 떠밀려 노래를 불렀던 기억이 있다. 찾아오는 사람들이 모두 친한 친구들이라 화기애애한 분위기였다. 요즘 팬미팅 분위기도 그러려나. 덕질하는 눈들이 총총하겠지.

걸그룹 이야기를 한바탕 쏟아낸 후, 그 남자는 이제 요즘 그가 빠져 있다는 게임 이야기를 시작했다. "이 게임은요, 미션 자체보다도 친목이 더 재밌어요. 같이 싸우고 깨지고 그래서 끈끈해지는…… 혈맹이라고 해야 하나." 가상세계 안에 하나의 나라를 만들고 그 세력을 키우는 게임

인데 같은 나라 사람들이 끈끈해질 수밖에 없는 게 한번은 이웃 나라의 침공으로 나라가 거의 궤멸 직전까지 갔었더라는 거였다. 그래서 바닥부터 다시 나라를 키우는 과정을 공유했다고 했다. 이러니 끈끈해지지 않겠냐며.

게임 이야기까지 하면서 꽤 술을 마셨던 탓인지 남자는 속 얘기를 꺼내놨다. "제가 사실 모솔이에요." 지금까지 데이팅 앱을 세 개나 쓰면서 가끔은 직접 만난 적도 있지만 여자친구를 사귀어 본 적은 없다는 거였다. 어딘가 쓸쓸함 같은 게 느껴졌다. 그가 하는 덕질이 새삼스럽게 느껴졌다. 그게 너무나 행복하다는 말도 이해가 됐다. 게임에서 미션보다 함께하는 사람들의 연맹을 소중하게 여기는 마음도.

하지만 내가 그에게서 느낀 쓸쓸함은 나의 편견이자 착각이었다. 모솔이지만 진짜 좋아했던 사람도 있었다는 거였다. 물론 상대는 자신과 마음이 달랐지만, 그래서 결국 계속 만날 수 없었지만 몇 번 만났던 그 사람에 대한 좋은 기억이 있다는 거였다. 그때 그 사람이 앱으로 보냈던 하트가 그 사람에게는 별거 아닌 버튼 하나였을 수 있지만 자신에게는 종소리처럼 울렸다고 했다. 순간 「좋아하면 울리는」에서 이른바 '좋알람'이 켜질 때 밝아지는 얼굴이 그 남자의 얼굴과 오버랩됐다. '땡-'

나라고 다를까. 요즘 유튜브가 대세라고 등 떠밀려 채널 하나를 개설했는데 구독자 한 명 늘리기가 결코 쉬운 일이 아니었다. 그래서 매일 들어가 구독자 수를 확인하는데 1명이 늘어날 때마다 머릿속으로 땡땡 소리가 울리는 느낌이었다. 내가 올린 영상에 댓글이 붙을 때마다 가슴이 두근두근했다. 주는 만큼의 보상도 돌아오지 않을 수 있는데 이토록 시간과 마음을 써주는 것 자체가 주는 설렘이라니.

주변 친구들 중에는 덕질이 연애보다 더 좋다고 말하는 이들도 적지 않다. 내 마음을 다하면서도 바라는 것이 없기 때문이란다. 물론 직접 덕질의 대상을 알현하고 대화를 나누는 흔치 않은 기회가 생기기도 하지만, 그걸 그리 바라는 것도 아니라고 했다. 마치 하나의 꽃이 필 수 있게 멀리서 빛을 던져주는 봄날의 햇살 같다고나 할까. 그런데 그런 좋아하는 마음의 열정은 자신 또한 꽃을 피우게 하는 걸까. 이 남자는 덕질을 하다 보니 그 분야의 전문가가 됐고 그래서 IT 전문기자로 활동하고 있었다. 그러니 어딘가에서 들려올 '좋아요'의 울림을 기다리는 사람들이여. 울리지 않아도 괜찮다. 내가 한껏 좋아했으 니까.

Part 5

농사짓는 마음으로

"옛날에는 내 팔자가 왜 이리 모진가 할 때가 있었다.

오만 천지 다 행복해도 내랑은 평생 먼 애긴지 싶었데이.

그런데 니 엄마가 내게 오고 니도 생겼지.

그라고 보니께 팔자랑 상관이 없는 기라.

내가 니 부모 될 자격을 얻어야 되는 거더라.

선자야. 아버지가 강해져 갖고 세상 더러분 것들 싹 다 쫓아

버렸으니까 아인나 니도 금세 강해질 거다.

나중에는 니 얼라들도 생기겠지.

그때 되면 니도 그럴 자격이 돼야 된다.

선자 니는 할 수 있다. 나는 니를 믿는다."

「파친코」

나는 너를 믿는다

덕담 한마디가 절실해질 때

"귀가 굉장히 크시네요. 부처님 귀예요." 행사장에서 우연히 인사하게 된 교수들 중 한 사람이 내게 그렇게 말하며 친근한 미소를 띠었다. 그날 처음 본 사람이었다. 종종 대학 세미나에 참여할 때가 있는데, 대부분은 콘텐츠나 미디어 커뮤니케이션을 전공한 교수들이었다. 일의 역할이 사뭇 달라 서먹하기 마련인 자리지만, 그 교수가 꺼내놓은 '귀' 이야기에 모두의 시선이 내 귀로 쏠렸다. 다른 교수가 거들었다. "귀가 크면 복이 있다고 하던데……" 그러자 또 다른 교수가 끼어들었다. "우리 신랑은 원숭이 귀예요." 그러면서 굳이 그럴 필요도 없는데 핸드폰에서 남편 사진을 찾아 보여줬다. 진짜 귀가 양옆으로 튀어나와 있어 귀만이 아니라 얼굴까지 원숭이처럼 보였다. 그냥 조용히 행사 마치고 가려 했는데, 시선이 집중되니 뭐라도 한마디 해야 할 것 같았다. 그래서 객쩍은 농담 한마디를 던졌다. "복보다는 귀지가 커요."

지금은 그런 농담의 소재가 됐지만, 어려서 내 큰 귀는 진짜 내가 특별한 존재나 된 것 같은 착각을 하게 했다. 어머니 때문이었다. 어머니는 자주 내 귀를 만지면서 큰 복을 타고났다고 말씀하시곤 했다. 그러면서 나를 가졌을 때의 태몽을 들려줬다. 꿈 속에서 어두운 밤길을 걸어 강에 당도했는데, 넘을 길이 없었다고 한다. 어디선가 목탁 소리가 들려 소리를 따라 강을 내려갔는데 거기 커다란 다리가 있더란다. 그 다리를 건넜더니 절이 나왔고 부처님을 만나게 됐다는 이야기였다. 그게 진짜 꾼 꿈인지, 아니면 덕담을 해주기 위해 지어낸 꿈인지는 알 수 없다. 하지만 그 꿈 이야기와 큰 귀가 연결되어 나를 착각에 빠뜨렸다. '난 비범한 일을 할 거야.'

실제로 어려서 어머니는 자주 나를 데리고 절에 가시

곤 했다. 비구니 주지스님이 있는 절이었는데, 그 스님과 어머니는 먼 친척이라고 하셨다. 그래서 가끔 방학 때가 되면 절에 나를 며칠씩 맡겨놓곤 하셨는데, 스님 역시 내 귀를 만지작거리며 "부처님 귀다"라며 허허 웃곤 하셨다. 지금은 돌아가셨을 것 같은데, 깜깜한 밤 홀로 어둠 속에서 뒤척일 때 스르륵 문 열고 들어와 차버린 이불을 덮어주셨던 스님의 그 서늘한 옷자락 느낌이 지금도 선명하다.

결혼해 아이를 갖게 되면서 어머니가 했던 말과 태몽이 사실은 아이에 대한 부모의 소망이라는 걸 알게 됐다. 그건 일종의 엄마들이 아이에게 쓰는 단군신화에 가까웠다. 물론 거짓은 아닐 게다. 꿈은 금세 잊어버리지만, 임신을 하게 되면 호르몬 변화로 보다 생생한 꿈을 기억하게 된다고 한다. 그리고 아이를 가진 엄마들의 꿈이란 의식적으로든 무의식적으로든 아이의 미래를 말 그대로 꿈 꿀 가능성이 높지 않은가. 그러니 어머니의 태몽은 당시 자주 갔던 절에 대한 마음이 담겼을 테다. 그만큼 삶이 고단했고 그렇게 절을 찾아 마음의 위안을 얻던 차에 갖게 된 아이에게 주고 싶은 미래가.

어느 책에서 위인들의 태몽에 대한 글을 읽은 적이 있는데, 참 다양한 태몽들이 있었다. 김유신의 어머니는 한 동자가 금빛 갑옷을 입고 구름을 타고 하늘에서 내려와 집 안으로 들어오는 태몽을 꿨고, 백범 김구의 어머니는 푸른 밤송이 속에서 붉은 밤 한 개를 얻어 감추어두는 태몽을 꿨으며, 서라벌을 통치하게 됐던 문무왕의 어머니는 서라벌 남산에 올라 소변을 봤는데 그 양이 엄청나 서라벌 시내를 가득 채우는 꿈을 꿨고, 석가모니의 어머니는 여섯 개의 상아를 가진 흰 코끼리가 옆구리로 들어오는 꿈을 꿨다고 한다. 아마도 세상에는 어머니의 숫자만큼의 태몽이 있을 게다. 그건 어머니들이 태어날 아이에게 갖는 축복이자 소망일 테니까.

재미교포 이민진 작가가 쓴 소설 원작을 드라마화한 「파친코」에는 언청이로 태어나 갖은 고생과 설움을 겪으며 자랐지만 당당하고 강인한 어른이 된 선자의 아버지가 어린 딸에게 들려주는 인상적인 대사가 나온다. "선자야. 아버지가 강해져 갖고 세상 더러븐 것들 싹 다 쫓아버렸으니까 아인나 니도 금세 강해질 거다. 나중에는 니 얼라들도 생기겠지. 그때 되면 니도 그럴 자격이 돼야 된다. 선자 니는 할 수 있다. 나는 니를 믿는다." 이 대사에서 나는 너를 믿는다고 한 아버지의 저 말은 선자가 일제강점기에 일본으로 넘어가 혹독한 한 세월을 살아낼 수 있는 힘이 된다. 부모가 자식에게 해주는 덕담 한마디가 가진 힘은 마치 흙 위에 뿌려지는 씨 같이 상상할 수 없는 힘을 발휘한다. 훗날 그게 자라나 열매를 맺고 또 다른 씨를 떨어뜨려 계속 삶이 이어지는 어마어마한 힘을.

태몽이 됐든 덕담이 됐든, 세상의 부모들은 그렇게 씨를 뿌렸던 거다. 물론 씨를 뿌린다고 다 열매가 자라나지는 않는다. 하지만 그렇게 믿지 않는다면 그 누가 씨를 뿌리겠는가. 그래서 어머니가 내게 뿌린 씨는 열매를 맺었냐고? 그리 비범한 사람이 되지는 못했지만 그래도 귀가 큰 이유를 이제는 스스로 다짐하듯 생각하곤 한다. '그건 누군가의 이야기를 경청하라는 뜻이야. 그러니 늘 편견 없이 타인의 말에 귀기울일 거라고, 나는 너를 믿는다.'

"있잖니. 세상 사람들이 다 우리 진심을 알아줄 수는 없어.

그 정도로 우리한테 뭐, 관심 있지도 않고.

그러니까 우리가 얼마나 열심히 살았는지

또 얼마나 최선을 다했는지

뭐 그거 일일이 설명하려고 애쓸 필요 없어.

우리는 우리가 그냥 해온 대로, 살아온 대로

누가 뭐라건 묵묵히 쭉 가.

묵묵히 산다고 그건 절대로 사라질 거 아니거든.

정 선생. 진짜로 의미 있는 거는 절대로 사라지지 않는다.

알지?"

「낭만닥터 김사부 3」

묵묵히 쭉 가

세상이 진심을 몰라주는 것 같을 때

"오- 한국에서 TV 가장 많이 보는 남자-" 아내가 괜스레 비장한 목소리로 그렇게 말했다. 봄날의 경복궁은 활짝 피어나기 시작하는 꽃들로 활기를 띠었다. 지난 나의 에세이 『드라마 속 대사 한마디가 가슴을 후벼팔 때가 있다』가 출간되고 아내와 서울 나들이를 왔다가 충동적으로 경복궁을 찾았던 참이었다. 책 소개와 함께한 인터뷰에서 제목을 그렇게 붙인 기자가 기사 링크를 보내줬다. 그걸 확인하고 있는데, 슬쩍 아내가 제목을 보더니 반 농담으로 그렇게 말했던 거였다.

"그냥 강조해서 쓴 거야." 얼버무렸지만 아내는 의외로 정색하며 말했다. "아닐걸? 진짜일걸?" 내가 TV를 그렇게 많이 보는지는 모르겠지만, 집에서 늘 TV를 끼고 살아가는 나를 봐왔으니 아내로서는 그렇게 느낄 법도 했다. 그래도 20년 넘게 하루도 빼지 않고 드라마, 예능 프로그램 그리고 다큐멘터리까지 챙겨봐왔으니 틀린 말도 아닐 게다. 어쨌든 그 기사 하나 때문에 어딜 가든 사람들은 나를 그렇게 소개하곤 한다. "한국에서 TV 가장 많이 보는 사람이 누군지 아세요? 바로 이분이에요."

엉뚱한 소리로 들리겠지만 TV에 대한 가장 강렬한 첫 기억은 '자물쇠'다. 큰맘 먹고 아버지가 모셔온(?) TV는 방 한가운데를 떡하니 차지하고 있었지만, 우리의 접근을 허용하지 않았다. 무슨 어른들만의 보물이라도 되는 듯 가구 속에 꼭꼭 숨겨져 있는 TV라니! 그럴 거면 무엇 하러 샀는지 이해하기 어려웠지만, 우리 집에 온 그 TV는 가구와 일체형으로 되어 있었다. TV를 보려면 먼저 가구에 달린 커다란 자물쇠를 풀고 문을 양옆으로 연 후에야 비로소 그 속에 있는 TV를 볼 수 있었다. 새마을 운동이 한창이었고, 어른들은 공부만이 아이들의 신분 상승을 해줄 수 있다고 굳게 믿었다. 그들에게 TV는 '바보상자'였다. 그래서 그 바보상자는 아이들의 접근을 막기 위해 또 다른 상자 속으로 들어갔다.

흑백 TV의 화질은 마치 심한 스크래치를 입은 것처럼 조악했고, 그것마저도 TV 안테나의 상태에 좌우되었다. 바람이 몹시 심하게 불거나, 비라도 올라치면 화면은 끊임없이 눈꺼풀을 깜박거렸고, 때론 일그러진 얼굴을 드러내기도 했다. 그러면 아버지가 옥상 지붕에 올라가 안테나를 이리저리 돌리면서 "이제 잘 나오니?" 하고 묻는 모습이 연출되곤 했다. 하지만 이런 모든 것들도 결국은 아버지가 그 자물쇠를 풀어주어야 가능한 일이었다. 그런 공간 속에 들어 있어서였을까. TV는 어린 내게 어떤 신비한 물건으로 보였던 것 같다. 마치 보물창고 속에 숨겨진 새로운 세계로 들어가는 기계장치 같은. 할머니는 이렇게 말씀하시곤 했다. "거 신기하네. 요 조그만 상자에 난장이들이 저렇게 많이 있다니."

하지만 못 보게 한다고 안 볼 우리들(나뿐만 아니라 동네 아이들 전부가 그랬으니)이 아니었다. 저녁 시간마다 TV를 볼 수 있는 친구 집으로 달려간 우리들은 '탁' 소리와 함께 브라운관의 작은 점이 한참이 지나야 영상으로 바뀌는 그 시간을 못 기다려 발을 종종대곤 했다. 그렇게 켜진 TV 화면 속에 등장한 「황금박쥐」나 「요괴인간」, 「달려라 번개호」 같은 일본에서 들어온 만화들은 지금과 비교해 보면 꽤 조악했음에도 불구하고 우리들을 TV 앞으로 끌어들였다. 결국 집 서랍장 속에 고이 모셔둔 TV 때문에 밖을 전전하는 내게 백기를 든 아버지는 저녁 한 시간 동안 감금된 TV를 해방시켜 주셨다.

그 순간, 조그만 시골 마을에서 저 바깥세상과 유리된 채 살아가던 우리들의 눈과 귀도 해방되었다. 그것은 바보상자이기는커녕 온갖 진기한 세상일들을 바로 눈앞에 가져다주는 놀라운 알라딘의 마술램프였다. 프로레슬러 김일 선수가 일본 선수에게 박치기를 해댈 때마다 온 마을이 들썩거렸고, 몬트리올 올림픽에서 양정모 선수가 메달을 땄을 때는 집집마다 동시에 터져 나온 그 환호성에 깜짝 놀라기도 했다. 바보 영구를 흉내 내던 우리에게 조용히 하라고 하며 슬그머니 눈가를 훔치게 만들었던 드라마 「여로」, 그리고 '짜자자잔짜잔~' 하는 특유의 시그널송이 울리면 당연히 그 앞에 앉아서 봐야만 했던 「수사

반장」에 대한 국민적인 열광은 이 작은 TV의 위력을 어린 나이에도 실감하게 만들었다.

80년대 흑백 세상은 컬러로 바뀌었지만, 고향을 떠나 서울에서 오로지 대학 입시를 향해 치열하게 살던 내 세상은 흑백 그대로였다. 하지만 그 속에서도 「게리슨 유격대」나 「맥가이버」 같은 미국 드라마 시리즈가 간간이 나를 숨 쉬게 했고, 마이클 잭슨이 '스릴러' 앨범을 냈을 때는 MTV 뮤직비디오가 짧지만 강렬한 인상으로 나를 사로잡았다. 「주말의 명화」는 그 시그널이 나올 때마다 가슴을 쿵쾅 대게 만들었다. 하지만 그렇게 대학을 가고, 졸업을 하고, 취업을 하고, 결혼을 하면서 내가 그토록 좋아하고 동경했던 TV의 세계는, 다시 저 어린 시절 자물쇠 채워진 상자 속에 유폐된 채 마음속 잘 보이지 않는 창고에서 먼지가 쌓여갔다.

그 상자를 찾아내 먼지를 털어내고 안에 있던 '나의 TV'를 다시 열게 된 건, 그럭저럭 살던 삶에 지쳐가기 시작했던 때였다. 회사도 다녀봤고, 기획에 홍보에 잡지사 편집장까지 다양한 일들을 했지만 마음은 늘 헛헛했다. 그런 평범한 삶이 누구나 원하는 정답이고 행복이 거기 있다고 세상은 말하고 있었지만 거기에 내 진심은 없었다. 그러던 차에 우연한 계기로 원고 청탁이 들어왔다. TV든 영화든 보고 써달라는 거였다. '바보상자'라는 이름으로 무겁게 막혀 있던 물길이 다시 열렸다. 그제야 알게됐다. 그 물길을 막은 건 세상이 아니라 나 자신이었다는걸. 미닫이문 저편에 놓여 있던 바보상자에 대한 세상의 낮은 시선을 나 역시 갖고 있었고 그래서 애써 그 욕망을 무거운 현실의 돌덩이로 막아놓고 있었던 거였다.

"이거 봐. 단청이 너무 예쁘다." 경회루 연못 앞 벤치에서 아내가 그렇게 말했다. 봄날의 햇볕이 연못에 반사되어 경회루에 조명판을 대고 있었다. 그냥 봐도 아름다운 그 옛 구조물이 연못에 비춰진 그림자와 어우러져 기막힌 자태를 뽐내고 있었다. 알록달록 칠해진 단청이 새삼스럽게 보였다. 수백 년 전 이름 모를 도공들이 하나하나 세심하게 붓으로 칠해나갔을 터였다. 그 수고로운 손길이 느껴졌다. 도공들은 수백 년이 지난 후 이곳을 지나는 사람들이 자신들이 칠한 단청을 알아봐 줄 걸 알았을까. 아마도 몰랐을 게다. 그냥 그게 해야 되는 일이고 즐거워서 했을 테니. 문득 그 도공들의 진심이 느껴졌다.

그냥 해온 대로, 살아온 대로 누가 뭐라건 묵묵히 쭉 가.
묵묵히 산다고 그건 절대로 사라질 거 아니거든.

"정말 힘들 때 정상 끝까지 올라가게 해주는 건,

악도 아니고 깡도 아니고

그냥 달큰한 약과 반쪽이더라."

「오늘은 좀 매울지도 몰라」

차라도 한잔 하세요

반복되는 일상에 지칠 때

"오늘 점심 뭐야?" 아이들이 묻는다. 하던 일을 멈추고 부엌으로 가 냉장고를 연다. 작업공간이던 거실이 순간 부엌으로 변신한다. 작업모드를 끄고 요리모드로 전환한다. 뭐가 있나. 뭘 해 먹을까. 콩나물이 있으니까 간단하게 끓여서 콩나물국을 하고, 두부도 살짝 부쳐서 볶은 김치랑 놓고, 찌개가 하나 있어야 될 것 같은데…… 알배기 배추 남은 거 넣고 된장찌개 끓여야지. 계란말이도 해줘? 말어? 그래 해주자. 이렇게 아이들 밥 챙겨주는 것도 이제 몇 년 안 남았다. 첫 아이는 이제 알아서 챙겨 먹을 나이가 다 됐고, 둘째는 내년에 군대 가면 누가 계란말이를 해주나……. 이런저런 상념 속에서 재료들을 꺼내 싱크대 위에 올려놓는다.

전에는 콩나물국 하나 끓이는 것도 실패가 잦았다. 국물을 내려고 멸치에 북어대가리까지 넣고 팔팔 끓이곤 했는데 그렇게 하면 맛은 더 나지만 번거로웠다. 그래서 이제는 그냥 물을 넣고 다시다를 살짝 넣는 방식으로 바꿨다. 뭐, 식당할 것도 아닌데 어때. 아이들은 다시다를 넣는 줄 모르지만 그 콩나물국이 더 맛있다고 했다. 콩나물을 넣고 너무 오래 끓이면 아삭한 맛이 사라지고, 뚜껑을 닫고 끓이면 풋내가 날 수 있다. 그래서 팔팔 끓는 물에 콩나물을 넣고 국간장, 다진 마늘, 소금, 다시다로 간을 맞춘다. 마지막에 대파를 넣는데 진짜 포인트는 청양고추 하나를 송송 썰어 넣는 것. 그러면 한 숟가락 먹고 "아~" 하는 술꾼 아저씨들이 해장을 할 때 나올 법한 소리를 아이들에게서 들을 수 있다.

냄비 하나를 꺼내 물을 반쯤 채우고 된장을 푼다. 고추장도 아주 조금 넣고 냉동실에 남겨뒀던 국거리 소고기도 조금 넣는다. 미리 양파를 넣어 단맛이 우러나게 해주고 알배기 배추를 썰어넣어 고소한 맛을 더해준다. 두부 한 모를 꺼내 반은 된장찌개에 넣고 나머지 반은 크게 잘라서 기름에 부친다. 아 김치도 볶아야지? 이것저것 한 꺼번에 하다 보면 깜박하는 경우가 많은데 재료들이 눈앞에 있으니 놓칠 리는 없다. 작은 프라이팬에 김치를 들기름에 볶고 올리고당을 넣어 단맛도 추가해 준다. 그리고 대망의 계란말이를 하려고 계란 세 알을 꺼내는데 딸이 부엌으로 와 괜스레 한 마디 던진다. "오- 계란말이!"

명란을 조금 넣을까 말까 망설이다 꺼낸다. 껍질을 제거하고 알맹이만 계란물과 함께 풀어놓는다. 계란말이용 프라이팬을 꺼내 일단 반 정도만 붓고 어느 정도 익었다 싶으면 조금씩 말아가면서 나머지 계란물을 부어 익히는 게 포인트다. 이것도 처음에는 실패가 많았지만, 인터넷을 찾아보니 전용 프라이팬이 있다는 걸 알게 됐고, 하는 방법도 의외로 간단하다는 걸 알게 됐다. 드디어 모든 준비 완료. "애들아 밥 먹어!"

어릴 때 방과 후 집에 오면 가방을 대충 던져 놓고 나가 집 앞 골목에서 친구들과 놀곤 했다. 뭐가 그리 재밌었는지 시간 가는 줄 모르고 놀다 보면 슬슬 집집마다 밥 짓는 냄새가 풍겨나온다. 그러면 이제 집에 갈 시간이라는 뜻이다. 엄마들의 목소리가 들려온다. "밥 먹어라!" 그 목소리에 담겼던 매일 반복되는 일상의 힘겨움을 그때는 잘 몰랐었다. 당연한 줄 알았다. 하지만 아내가 직장에 나가고 아이들 밥을 챙겨주기 시작하면서 그게 왜 힘든지 새삼 알 것도 같았다. 이걸 매일 한다고?

"오늘은 아빠가 짜파게티 요리사!" 이런 카피의 광고가 있었지만, 그렇게 한두 번 하는 요리(그것도 짜파게티 같은 인스턴트는 더더욱)는 즐거울 수 있다. 하지만 그걸 매일 매 끼니마다 해보면 이건 아니다 싶다. 하루 세 끼 뭘 해먹을까 고민하다가 하루가 다 가는 기분이 든다. 아, 힘든 건 어떤 어려운 일 그 자체가 아니고 그걸 끝도 없이 반복해야만 한다는 사실을 어렴풋이 알 것 같았다.

실로 인간은 요리를 본능적으로 즐거워한다. 그 본능은 아마도 원시시대에 불을 발견하면서 비로소 음식을 익혀 먹기 시작하던 때로 거슬러 올라갈 게다. 그래서 지금도 야외에서 고기 하나 구워 먹을라치면 아빠들은 기꺼이 굽는다. 불을 보는 것도 그 위에 고기를 굽는 것도 또 구워진 고기를 먹는 것도 즐겁기 때문이다. 하지만 그것도 매일 해보라. 어디 즐거운가. 미칠 지경이지.

딸이 밥값이라도 한다는 듯 설거지를 한다고 한다. 나는 커피 한잔을 끓여 소파에 앉았다. 아들은 내년 공군을 지원할지 그냥 육군을 갈지 고민이라며 인터넷으로 검색한 정보들을 이야기하며 그 장단점들을 내게 늘어놓는다. 공군은 기간이 좀 긴데 대신 개인 시간을 많이 준다고 했다. 그래서 복무 중 자격증도 따고 심지어 공부를 다시 해 대학을 가는 이들도 있다고 했다. 육군은 공군보다는 짧은데 육체적으로 힘들 수도 있다고 했다. 나는 그게 그렇게 다를까 싶었다. 결국 그것도 진짜 힘든 건 훈련이나 그런 게 아니라 매일 똑같은 일상을 반복해야 한다는 게 아닐까.

그렇게 생각하니 요리를 하는 일이나, 군대를 가는 일이나 혹은 내가 하는 글을 쓰는 일이나, 아내가 매일 직장을 나가는 일이나, 입시 때문에 아이들이 하루 종일 공부하며 시험만 준비하던 것이나 크게 다를 바가 없어 보였다. 문득 「오늘은 좀 매울지도 몰라」에 나왔던 대사 한 마디가 떠올랐다. "정말 힘들 때 정상 끝까지 올라가게 해주는 건, 악도 아니고 깡도 아니고 그냥 달큰한 약과 반쪽이더라." 이러니 커피 한잔이 이리 맛있을 수 있지. 거기에는 매일 반복되는 일 속에서 잠시 벗어나게 해주는 여유가 한 스푼 들어 있으니.

"아빠가 항상 뭐라고 그랬지? 보이지 않는다고……"

"곁에 없는 건 아니다."

"기억하는 한?"

"사라지지 않는다."

"그렇지."

「무브 투 헤븐」

항상 곁에 있을 거예요

별이의 이빨에 물려 살갗이 긁힌 자리는 말끔하게 지워
져 이제는 아무런 흔적도 남아 있지 않았다. 마치 그런 상
처는 애초에 있지도 않았던 것 같았다. 나는 병원 소파에
앉아 그 자리가 있던 손등을 괜스레 자꾸만 만졌다. 마치
지워져서는 안 될 어떤 흔적을 자꾸만 파내듯이.

병원은 너무나 조용했다. 개들을 안고 있는 보호자들
이 로비 소파에 가득했지만 고요했다. 이상한 기분이었
다. 보통 개들이 그렇게 한 공간에 모여 있으면 짖거나 장
난을 치거나 뛰어다니는 게 당연했기 때문이다. 하지만

축 늘어진 채로 보호자의 품에 안겨 있는 개들은 별 의지가 없어 보였다. 나도 소파 한편에 앉았다. 기운이 하나도 없어 내 품에 안겨 있는 별이와 함께.

별이는 아내의 직장 동료로부터 입양한 몰티즈다. 엄마 강아지가 새끼를 다섯 마리 낳았는데 전부 키우는 게 버겁다는 이유였다. 아내가 의향을 물었고 아이들은 반색했다. 나는 반대했다. 아이들이 귀여운 얼굴과 보드라운 털 그리고 종종거리며 따라오는 기분 좋은 친근함을 상상할 때 나는 현실을 생각했다. 아파트에서 키워야 하고, 거실 한편에 자리를 만들어줘야 하며, 배변 훈련부터 사회성 훈련까지 시켜줘야 한다. 또 매일 산책을 해줘야 하고 어쩔 수 없이 모두 집을 비울 때는 미안한 책임감도 가져야 한다. 가족 여행? 반려견과 함께 갈 수 있는 숙소가 아니라면 가족 중 누군가는 포기하고 집에 있어야 한다.

반대하는 이유는 끝도 없었지만 한 번 보기나 하자며 아내의 직장 동료를 찾아갔을 때 꼬물꼬물 걸어와 손가락을 핥는 별이 앞에서 우리 가족은 녹아버릴 수밖에 없었다. 결국 현실을 저 뒤편으로 잠시 밀어둔 채 덜컥 입양을 결정했고 그렇게 별이와의 인연이 시작됐다. 서툴러 잘 못 먹인 탓에 수의사 선생님에게 꾸중을 들은 적도 있고, 경계심이 많아 짖어대는 통에 아파트 이웃들의 눈치가 보이기 일쑤였다. 이빨이 나기 시작하자 별이는 눈높이의 벽지란 벽지는 다 뜯어놓았고, 가구와 소파도 다리 부분을 죄다 갉아 먹었다.

시간도 비용도 만만찮게 들었다. 꼭 하루에 한 번씩 목줄을 매고 아파트 산책을 나서야 했고 아프기라도 하면 병원에 가야 했는데, 의료보험 적용이 안 돼 내가 아파 병원에서 내는 것보다 열 배는 되는 비용을 지불하곤 했다. 그리고 애초에 반대하며 예상했던 불길함처럼 별이와 내가 보내는 시간은 점점 많아졌다. "내가 키울게"라고 말했던 아이들은 학교 공부에 정신이 없었고, 아내도 아침이면 출근해 저녁 늦게야 귀가했다. 결국 집에서 일하는 나와 별이가 함께하는 시간은 길어질 수밖에 없었다.

그렇게 어느덧 8년이 흘렀다. 손등을 물어 피가 날 정도로 상처를 입은 적도 있었지만, 딱지가 앉았다가 떨어지고 새살이 붙어 이제는 그 흔적도 찾아보기 어려울 정도로 시간이 흘렀고 그만큼 우리는 서로에게 익숙해져 있었다. 나는 병원 로비에 앉아 있는 보호자와 개들이 마치 한 몸 같다고 생각했다. 축 늘어져 있어 그렇게 보이기도 했지만, 그건 너무 익숙해져 서로의 경계가 안전히 풀어진 모습처럼 다가왔다. 한 몸 같은 그 익숙함이 '이별'을 예감하고 있었다. 어찌 제 살 같은 저들이 떨어질 수 있을까.

의사 선생님은 조심스럽게 혈관육종이고, 이미 림프까지 진행되어 더 이상 할 수 있는 게 없다고 말씀하셨다. 집으로 돌아와 15일 정도를 버텼지만 별이는 혈변을 보이며 너무나 고통스러워했고, 이제 보내는 편이 별이에게도 좋을 거라고 의사 선생님은 말씀하셨다. 별이는 내 품에 안겨서 눈을 감았다. 병원만 가도 벌벌 떨던 녀석이 자신도 직감했던지 마치 제 몸처럼 내 품에 자신을 온전히 맡기고 영면에 들었다.

장례식장의 절차는 정해진 순서에 따라 기계적으로 행해졌는데, 그런 다소 무감한 형식이 오히려 상실의 슬픔을 상당 부분 받아들이게 해줬다. 그렇게 별이는 너무나 작은 유골함에 담겨 거실 성모상 앞에 놓였다. 누군가의 죽음을 받아들인다는 게 어찌 쉬울 수 있으랴. 그건 제

살 같던 존재를 떼어내는 고통과 슬픔을 감내하면서, 자신 또한 피할 수 없는 죽음과 마주해야 하는 일이다. 그래서 우리는 예우를 다해 장례라는 절차와 형식을 치른다. 그 형식은 그 무감함으로 슬픔을 눌러내면서 '잊지 않고 기억하겠다는 다짐'을 담는다.

"김선우님. 2020년 4월 11일 사망하셨습니다. 저희는 '무브 투 헤븐'의 한정우, 한그루입니다. 지금부터 김선우님의 마지막 이사를 시작하겠습니다." 드라마「무브 투 헤븐」에서 유품정리사로 함께 일하는 아버지와 아들은 고인의 공간에 들어가 유품을 정리하기 전 항상 그런 말과 함께 묵념을 올린다. 하지만 누군가의 죽음을 애도하며 유품을 정리했던 아들은 아버지가 갑작스럽게 세상을 떠나자 그 죽음을 받아들이지 못한다. 그러던 아들이 끝내 이를 받아들이고 유품을 정리하며 유골을 수목장에 안치하게 되는 건 아버지가 늘 아들과 함께 구호처럼 외쳤던 말 때문이다. "보이지 않는다고, 곁에 없는 건 아니다. 기억하는 한, 사라지지 않는다."

찢어진 벽지, 닳아버린 소파, 갈려진 의자 다리, 누군가에게 줄 수 없고 또 버릴 수도 없어 서랍 속에 들어간 낡은 목줄, 애도의 마음으로 정성스럽게 며칠에 걸쳐 딸이 그린 별이 그림, 휴대폰에 저장되어 여전히 멍멍 짓고 있는 모습. 보이지 않지만 그 흔적들은 고스란히 남았다. 이제는 말끔히 사라져 버린 내 손등 위의 상처가 난 자리에 남은 감각의 기억처럼 항상 그는 내 곁에 남아 있다.

"사람들은 누구나 잊지 못하는 그 해가 있다고 해요.

그 기억으로 모든 해를 살아갈 만큼 오래도록 소중한.

그리고 우리에게 그 해는, 아직 끝나지 않았어요."

「그 해 우리는」

우리 사진 찍어요

반가운 순간들을 만났을 때

오랜만에 창고 정리를 하다가 오래된 태블릿을 발견했다. 예전에 썼던 노트들이며 스케치북 그리고 오래된 카메라와 함께 박스 안에 들어 있었다. 나는 박스째로 들고 나와 그 안의 물건들을 하나씩 꺼내 책상 위에 올려놓았다. 꼭 어느 날 불쑥 땅 위에 흔적을 드러낸 유적을 발굴하는 듯한 설렘이 깃들었다. 솔로 흙을 털어내듯 먼지를 털어낸 물건들은 한창 자신들이 활동했던 시절의 기억들을 내 앞에 펼쳐 놓았다.

과연 될까. 호기심에 태블릿에 충전용 케이블을 꽂았

다. 그리고 스케치북을 열어보았다. 낙엽 그림들이 가득했다. 학창 시절부터 나는 낙엽을 스케치하는 걸 좋아했다. 딱히 무슨 이유인지는 모른다. 그저 미술 시간에 야외에서 아무거나 스케치 해오라고 했는데, 마침 가을이었고 바닥에 떨어져 있는 낙엽이 눈에 들어왔을 뿐이었다. 수분이 쪽 빠져 바삭바삭해진 낙엽은 갓 구운 과자처럼 부서졌다. 나는 조심스레 스케치북 위에 낙엽 하나를 올려놓고 동그랗게 말려 들어간 그 녀석의 여전히 남아 있는 잎맥들을 그렸다. 선생님은 그런 내 그림을 보고 처음엔 예상 밖이라는 얼굴이었다가 금세 포기한 듯 돌아섰다. 다들 완연한 가을의 교정을 그리고 있었으니 그럴 만도 했다.

왜 하필 낙엽이었을까. 지금도 정확히는 잘 모르겠다. 다만 그 잎맥들을 하나하나 그리다 보면 다소 신산했던 학창 시절의 고민들이 다 잊혀졌다. 적어도 그 시간만큼은 다른 생각이 하나도 들지 않았다. 바삭바삭한 질감이 좋았고 힘이 하나도 느껴지지 않는 편안함이 좋았다. 한때는 가지에 붙어 햇볕을 향해 한껏 양팔을 벌리다가, 바람이라도 불어오면 그네 타듯 흔들리다가 어느 날 아무런 슬픔도 없이 툭 떨어졌을 그 시간들이 마치 수분처럼 날아가고 그래서 그 흔적들을 더 선연하게 잎맥에 남겨놓은 모습이 좋았다. 그때 나는 어렴풋이 그림이 어쩌면 속절없이 지나가는 시간을 잡으려는 안간힘일 수 있다는 생각을 했던 것 같다.

노트에는 거의 낙서에 가까운 글들이 마치 암호 문자들처럼 쓰여 있었다. 더할 나위 없는 악필이라, 무슨 글자인지 알아보기는 어려웠다. 다만 어지럽게 써진 글자들이 한창 소설을 쓴다고 애썼던 대학 시절을 떠올리게 했다. 글을 쓰기 전, 노트에 쓰려는 세계를 공상하는 걸 좋아했다. 어느 마을 같은 소설의 배경을 그려놓고 그 안에 주인공이 사는 집과 위치를 적고, 그가 마주할 상대들과 그로 인해 생겨날 위기들을 미리 그 위에 적어가며 상상하곤 했다. 그때 나는 나만의 세계를 갖고 싶었던 것 같다. 그 누구도 방해할 수 없는.

태블릿의 전원이 켜졌다. 스티브 잡스가 세상을 뒤집어놓던 시절, 그 세상을 마주하겠다는 포부로 산 태블릿이었다. 거기 깔린 어플들은 내가 그때 세상을 어떤 눈으로 들여다보려 했는지 흔적을 남기고 있었다. 물론 게임이 태반이었지만, 그걸로 글도 쓰고 그림도 그렸고 때론 음악을 들으며 세상에 어떤 일들이 벌어지고 있는지 인터넷을 들여다보곤 했었다. 그리고 사진도, 동영상도 찍었었지.

동영상에 나오는 어린 아들의 모습이 낯설었다. 패키지 여행으로 두바이에 갔을 때였다. 뜨거운 햇볕을 가리기 위해 제이슨 므라즈가 쓸 법한 모자들을 하나씩 사서 쓰고 사막 위에 세워진 거대한 도시를 관광했던 그 해 우리의 모습이 떠올랐다. 아버지와 아들의 조합이 특이했던지 가족들, 연인들 단위로 온 사람들에게 "보기 좋다"는 말을 들은 기억도 떠올랐다. 사막 한가운데로 4W 드라이브 자동차를 타고 들어가는 사막 투어에서는 차량이 마치 롤러코스터를 타는 것처럼 오르락내리락 했는데, 보통이라면 멀미가 났을 그 광경 속에서 아들과 나는 뭐가 좋은지 계속 깔깔대고 웃고 있었다.

거의 43도에 육박하는 기온 때문에 너무나 뜨거웠던 걸로 기억하는데, 사진과 영상에는 그런 더위는 남지 않고 아름다운 풍경들과 기분 좋은 추억들만 남았다. "사람들은 누구나 잊지 못하는 그 해가 있다고 해요. 그 기억으로 모든 해를 살아갈 만큼 오래도록 소중한. 그리고 우리에게 그 해는, 아직 끝나지 않았어요." 드라마「그 해 우리는」에서 최웅이 했던 그 대사가 떠올랐다. 기억은 좋은 것들로만 채워지는구나. 매번 겪을 때는 꽤 힘들었어도 지나고 나면 남는 좋게 채색된 그 기억들로 우리는 또 살아가는구나.

하루하루를 살아가는 게 갈수록 쉽지 않아져서일까. 나이 들수록 기억도 가물해진다. 아마도 그림을 그리고 글을 기록하고 사진과 동영상을 찍으려 했던 건 이렇게 지워져 가는 기억들을 애써 붙잡으려는 몸부림이 아니었을까. 그 해 나는, 그 해 우리는 힘들게 느껴졌어도 또 지나고 나면 저토록 좋았었다는 걸 잊지 않으려는 마음들이 그 유적 같은 기록 속에 담겨 있었다. 그러니 어떤 반가운 순간들이 있다면 이제 함께하는 이들에게 이렇게 말해볼 일이다. 우리 사진 찍어요.

"그동안 나는 얼이 빠져 살았다.

아부하지 않으려고 욕 먹지 않으려고 죽을 듯이 살아왔다.

그런데 이제 보니 나를 가장 심하게 욕했던 사람은

바로, 나였다."

「아무것도 하고 싶지 않아」

아무것도 안 해도 괜찮아

무언가 쫓기듯 살아간다 느껴질 때

"시세 차익이 글쎄 2억이래. 2년 전 산 아파트가 그렇게 올랐다지 뭐야." 찜질방 한증막에서 한 여자가 낮은 목소리로 같이 온 여자에게 속삭인다. 나름 예의를 차린다고 목소리를 낮췄지만 벌써 몇 분째 부동산 이야기다. 2억에, 3억, 5억 그리고 10억까지. 여자의 입에서 억이 M16 총알처럼 연달아 쏟아진다. 구석에 앉아 소설을 읽는 중인 나는 자꾸만 그 총알에 맞는다. 신경이 쓰인다. 저 여자는 왜 찜질방까지 와서 아파트 이야기에 열을 올리고 있을까. 가만히 앉아 있어도 화끈 열이 올라오는 이 찜질방에서 굳이.

한증막을 나선다. 뜨거웠던 한증막의 열기가 순간 확식으며 시원해진다. 배도 고프고 갈증도 난다. 이럴 땐 계란에 식혜가 제격이다. 매점에서 산 계란을 한 입 씹고 시원한 식혜를 마신다. 커다란 TV에서는 봐도 그만 안 봐도 그만인 일일드라마가 흘러나오고 있다. 매일 드라마를 보고 글을 쓰는 게 업인 나지만, 일일드라마는 나를 긴장시키거나 집중하게 하지 않는다. 300회짜리가 넘는 일일드라마도 중간 어느 한 장면만 딱 보면 누구나 그 상황을 이해할 수 있다. 어느 정도 다 알고 있는 이야기의 반복. 그래서 평일 찜질방의 한가로움 속에서 계란에 식혜를 먹으며 바라보는 일일드라마는 마치 '불멍' 같다. 아무 생각을 하지 않는다.

그런데 그 '멍'을 깨고 들어오는 '억'이 있다. 한증막에서 나온 여자는 굳이 내가 있는 TV 앞까지 와서 여전히 '억'을 난사한다. 목소리는 더 높아져 있다. 듣고 싶지 않지만 그럴수록 더 잘 들리는 건 왜일까. 아마도 사야 했을 아파트를 사지 않았고 전세로 들어온 게 못내 후회됐던 모양이다. 은행에 2억 대출을 받아 샀으면 지금은 4억을 벌 수 있었던 모양이었다. 안타까운 건 알겠는데 왜 그런 이야기를 찜질방까지 와서 하는지 알 수 없었고, 그걸 옆에서 맞장구를 치며 들어주는 여자도 이해하기 어려웠다.

찜질방이 좋은 건 무장해제를 시켜 놓는 공간이기 때문이다. 찜질방은 일단 옷을 벗긴다. 양복을 입은 회사원이든, 추리닝 차림의 백수든, 힘겨운 노동을 하고 온 인부든, 어려운 시험을 치른 학생이든 옷을 벗기고, 똑같은 찜질복을 입힌다. 주로 황토색 계열의 찜질복을 입은 이들이 딱히 해야 할 건 없다. 뜨거운 한증막에 들어가거나 차가운 냉방에 들어가고 아무 바닥에나 누워 TV를 보거나 책을 읽거나 하며 슬슬 시간을 죽이면 되는 일이다. 처음에는 넓은 바닥에 사람들이(그것도 남녀노소가 뒤엉켜) 아무렇게나 드러누워 있는 광경이 낯설었지만, 그런 사회의 때를 벗겨내고 무장해제 시켜주는 것이 바로 찜질방의 매력이었다. 적어도 그곳에 있는 동안은 아무것도 하지 않아도 괜찮다고 말해주는 편안함이 거기 있었다.

그저 멍하게 시간을 보내도 좋다고 말하는 곳이어서인지 가끔 억 소리 나는 현실이 틈입해 올 때면 거의 침범을 당한 기분이 든다. 그러고 보니 저편 구석에 한 남자는 노트북을 꺼내놓고 무언가를 열심히 하고 있다. 글이라도 쓰는 걸까 생각했지만, 전화 통화 소리를 들어보니 회사 업무였다. 하루 휴가를 내서 찜질방에 왔던 모양인데, 그 하루를 참지 못하고 울려대는 전화에 아예 노트북을 끼고 찜질방에서 일을 하고 있었다. 입에 넣은 계란이 퍽퍽했다.

'찜질방에서 삶은 계란 같다.' 말장난에 가까운 이런 문장이 문득 떠오른다. 우리가 원하는 삶은 그냥 있는 그대로 있는 것일 텐데, 뭔가 자꾸 우리를 볶아대고 삶아대고 있는 건 아닌가 싶었다. 찜질방은 아무것도 하지 않아도 괜찮다고 말하고 있는데, 그 짧은 시간도 우린 무언가를 자꾸 해야 한다고 밀어대고 있다. 휴대폰을 놓지 못하고 들여다보고, 전화를 하고, 가슴 아픈 부동산이니 증권 이야기를 하고.

무언가 씻어내고 싶어 탈의실에서 찜질복을 훌훌 벗어버린 채 목욕탕을 향한다. 43도 뜨거운 열탕에 들어간다. 뜨끈한 기운이 발끝에서 가슴을 타고 머리끝까지 올라온다. 뜨겁다는 생각만 든다. 맞은 편에 한 어르신이 마치 수도자처럼 눈을 감고 그 열기를 온몸으로 느끼고 있다. 아마도 이제 일에서는 상당히 멀어진 삶을 살고 계실 어르신은 삶의 즐거움이 어디에 있는지 아는 모양이다. 무언가 일을 하지 않으면 죽을 것처럼 때론 혹독하게 자신을 몰아세우는 그런 삶이 뭔 의미냐는 듯 43도 열탕과 20도 냉탕을 오간다.

문득 찜질방이나 목욕탕은 저런 어르신들에게는 놀이공원과 마찬가지라는 생각이 든다. 43도에서 몇 도만 더 높이거나 20도에서 몇 도만 낮춰도 살갗이 익어버리거나 얼어버리는 죽음이 눈앞에 있지만 그 앞에서도 조급해하지 않고 그걸 즐기는 모습. 마치 삶과 죽음을 왔다 갔다 하는 그 아슬아슬함에 사는 맛이 있다고 말하는 듯한 여유가 느껴진다. 산전수전 다 겪은 나이 든 어르신의 몸이 이렇게 말하는 것 같았다. '그렇게 죽을 듯이 살 것 없어. 어차피 다 죽으니까. 그러니까 자신을 좀 내버려 둬. 때론 아무것도 안 해도 괜찮아.'

"한호열 상병. 차라리 군대가 바뀔 거라고 하십시오."

"바뀔 수도 있잖아. 우리가 바꾸면 되지."

"저희 부대에 있는 수통 있지 않습니까?
거기 뭐라고 적혀 있는지 아십니까?
1953.6.25때 쓰던 거라구요.
수통도 안 바뀌는데 무슨……."

「D.P.」

농사짓는 마음으로

언제 저걸 다 하지 싶을 때

이렇게 넓은데 주말농장이라고? 장인어른이 친구분에게 임대받았다는 주말농장 텃밭은 거의 200평은 되어 보였다. 보통 주말농장이라고 하면 5평에서 많아 봐야 10평 정도가 대부분인데…… 광활한(?) 빈 땅을 보니 이걸 언제 다 일굴까 싶었다. 그날 해야 할 일은 토마토며 가지, 고추 등을 심을 수 있게 고랑을 파고 잡초를 막기 위한 비닐은 덮은 후 모종을 심는 것이었다. 잠깐 일하고 야외에서 고기나 궈 먹자는 마음으로 나왔는데, 해야 할 일들이 막막했다.

하지만 장인어른은 익숙한 듯 고랑을 파기 시작했고, 농사가 익숙지 않은 나와 동서들은 장인어른이 하는 걸 따라 했다. 삽은 군대에서 대민지원 나갔을 때 잡았던 게 마지막이었는데 오랜만에 잡으니 어색하기 이를 데 없었다. 요령 없이 힘으로 하려니 힘이 더 들었다. 고랑 몇 개를 팠을 뿐인데 땀이 줄줄 흘러내렸다. 힘들어하기는 동서들도 마찬가지였다. 젊은 기운으로 호기롭게 삽을 들었지만 이내 지쳐 밭 끄트머리에서 담배만 뻐끔댔다.

"쉬엄쉬엄 해." 장인어른이 한마디 하셨다. 천천히 하라는 뜻이었지만 마음은 그렇질 못했다. 빨리 밭고랑을 다 만들어놓고 고기 궈 먹을 생각뿐이었으니 더더욱 마음이 급했다. 또 한편으로는 그렇게 급하게 하지 않으면 힘이 다 빠져 일들을 다 마무리할 수 없을 것 같은 조바심이 나기도 했다. 하지만 가끔 허리를 펴려고 일어나 장인어른을 보니, 급한 마음이 전혀 없어 보였다. 그저 하나하나 천천히 해나가다 보면 언젠가 다 될 거라는 것처럼 여유가 있었고 그래서인지 별로 힘들어 보이지도 않았다.

문득 장인어른의 그 모습에서 아버지의 모습이 겹쳐졌다. 아침 5시 반이면 눈을 떠 옷을 챙겨 입고 해야 할 일들을 하시는 아버지는 매일 변함이 없었다. 그건 어려서부터 농사를 했던 경험이 몸에 배어 있어서였다. "하루 농사는 해 뜨기 전에 다 끝내야 하는 거여." 아버지는 부지런해야 한다는 이야기 끝에 늘 그렇게 말씀하시곤 했다. 뙤약볕에서 일을 하는 게 고역이라는 사실이 경험들을 통해 몸에 각인됐기 때문이었을 게다. 그 농사짓는 습관은 아버지의 일상 곳곳에 스며 있었다.

고향이었던 진천을 떠나 안성에 정착하면서 매일 새벽 조기축구를 나가는 것도 아버지에게는 농사일과 같았다. 몸을 단련시키는 목적이기도 했지만, 낯선 타지 사람들과의 돈독한 관계를 만들어내기 위함이기도 했다. 그렇게 몸이 노쇠해 더 이상 뛰어다니는 게 버거워진 팔순의 나이까지 아버지는 새벽에 일어나 조기축구를 나가셨다. 그 시간 동안 아버지는 안성이라는 낯선 타향에 단단해진 허벅지만큼 굳건한 뿌리를 내리셨다.

처음 양품점을 시작한 것도 군대에서 받은 얼마 되지 않은 월급을 하나도 쓰지 않고 모아 어머니에게 보내준 게 종잣돈이 되었다. 그렇게 양품점을 열고, 매일 서울 동대문 시장까지 그 먼 거리를 오가며 옷을 구입해 가게

에서 팔았다. 그렇게 몇 년을 아끼며 모은 돈으로 당시에
는 공터였던 땅을 샀고 거기에 여관을 지었다. 정원이 있
는 멋들어진 여관이었다. 그 여관 앞에 극장이 생기면서
남진이며 나훈아, 이주일, 서영춘, 이미자 같은 연예인들
이 리사이틀을 하러 안성에 오면 우리 집에 머무르곤 했
다. 아마도 내가 지금 이 일을 하고 있게 된 데는 그 여관
에 리사이틀을 하러 왔던 연예인들과 극장 안에서 흘러
나왔던 유행가 가락들이 부지불식간에 상당한 영향을 주
지 않았을까 싶다.

　아버지가 하는 일은 어린 내게 도깨비 방망이 같은 놀
라운 기적처럼 보이곤 했는데, 그건 처음 시작할 때만 해
도 도저히 불가능해 보이던 것을 결국 결과로서 보여주
시곤 했기 때문이었다. 예를 들어 여관의 간판을 아버지
는 직접 만드셨는데, 어디서 배우셨는지 하얀 플라스틱
과 검정 플라스틱을 가져와 거의 한 달에 걸쳐 하나하나
재단을 하고 이어 붙이셨다. 그리고 내게 완성된 꽤 커다
란 간판을 보여주셨는데 그걸 현관에 붙여 세우고 전기
를 넣자 불이 탁 켜졌고, 나는 마치 마술사의 마술을 본
것마냥 박수를 쳤다.

하지만 농사라는 것이 콩 심은 데 콩 나고 팥 심은 데 팥 나는, 뿌린 대로 거두는 일인지라 약삭빠르게 흘러가는 세상에서 큰 성공을 가져오는 방식은 아니었다. 보다 큰 규모의 사업 기회가 생기기도 했지만 아버지는 농사꾼의 마음을 버리지 않았다. 부동산 열풍이 불 때도 그건 '투기'라며 단호하게 거부했고, 주식투자 같은 건 생각도 하지 않으셨다. 하다못해 신용카드가 일반적으로 쓰이기 시작하던 때에도 카드보다는 현금을 쓰는 분이셨다. 그렇게 긁다가는 얼마가 나가는지도 모르고 쓰게 되신다며. 그러니 큰 성공과는 거리가 멀 수밖에 없었다.

"밥 먹고 해요!" 파야 할 고랑은 아직 절반이나 남았다. 끝내고 마음 편히 밥을 먹으려 했지만 장인어른은 내 등을 툭 치며 이만 하자고 말하셨다. 고기를 구워 쌈에 싸 먹으며 몇 시간 동안 파놓은 고랑을 쳐다봤다. 언제 그만큼 했는지 제법 주말농장 티가 났다. 마음이 뿌듯해졌다. "슬슬 해야 다 할 수 있어." 그렇게 말씀하시는 장인어른에게서 새삼 경험에서 우러나오는 지혜 같은 게 느껴졌다. 도저히 불가능해 보이는 일들도 천천히 시간을 들여

하나하나 습관처럼 해 나가다 보면 결국에는 해낼 수 있다는 걸 아버지와 장인어른은 몸에 밴 경험들로 알고 계셨을 게다.

"수통도 안 바뀌는데 무슨······." 「D.P.」에서 바뀌지 않는 군대를 꼬집으며 절망하는 조석봉의 말처럼, 세상을 바꾸는 건 작은 실천부터가 아닐까 싶다. 어떻게 저걸 다 하지 싶을 때, 하나하나 하다 보면 될 거라는 믿음이 없었다면 아버지는 그 넓은 논을 일굴 수 없었을 게다. 그러면 가을의 기적처럼 선선해진 바람에 일렁이는 벼들의 군무를 볼 수 없었겠지. 물론 약삭빠른 세상에서 농사꾼의 마음으로 살아가는 건 영리한 일은 아니다. 하지만 나는 아버지가 부자는 되진 못했어도 그 누구에게 폐 끼치지 않고 성실하고 부지런하게 잘 사셨다고 생각한다. 적어도 매일 새벽 일어나 농사 짓는 마음으로 내가 글을 쓰게 만들어주신 것만으로도 충분히.

"호흡이 가장 편안한 상태는
내가 숨 쉬고 있다는 깃을 잊고 있을 때다.
호흡하고 있음을 의식한 순간부터
들숨은 코로 날숨은 입으로
몇 초에 한 번씩이 적당한지를 따지다 보면
너무나 당연하고 쉬웠던 그 일이 불편하고 어렵게 느껴진다.

가족도 그렇다.
엄마는 엄마고 아빠는 아빠인 게 너무 당연해서
서로에 대해 특별히 생각해 본 적이 없을 때 가장 편안했다.
불편함은 그렇게 시작된다.
그동안 당연하다고 여겼던 것이
당연하지 않을 수 있다는 걸 깨닫게 되면서."

「사랑한다고 말해줘」

왼손은 거들 뿐

불편하고 어렵게 느껴질 때

다 쓴 수건을 돌돌 말아 공처럼 만든다. '왼손은 거들 뿐'
이라고 했던가. 마치 농구공을 던지듯 '무심하게' 수거함
을 향해 던진다. 적당한 포물선을 그리며 날아간 수건은
정확히 수거함 안으로 떨어진다. 나는 1초를 남겨놓고 버
저비터로 골을 넣은 선수처럼 기분이 좋아진다. 목욕탕
에서 벌거벗고 습관적으로 하는 그런 슛이 이상해 보일
것 같은데, 그 누구도 이상하게 여기지 않는다. 누구나 다
한 번쯤 해보는 짓이라 그런가.

　뭐든 던질 게 있고 들어갈 통이 있으면 당연하다는 듯

슛을 하곤 한다. 휴지통에 맥주 캔을 버릴 때도, 빨래통에 빨래를 넣을 때도 그렇다. 학창 시절 급식으로 나온 팩 우유는 다 먹고 나면 공으로 바뀌기 마련이었다. 휴지통으로 던져지기 일쑤고, 가끔은 서넛이 모여 팩 차기를 하는 공이 되기도 했다. 나이 들어도 그 습관이 변하지 않아 팩 우유를 먹고 나면 왠지 이걸 발로 차거나 던져서 골을 넣어야 할 것 같은 착각에 빠지곤 한다.

"슛을 할 때 제일 중요한 게 뭔지 알아?" 회사에서 등 떠밀어 제품 홍보를 위한 방송에 나가게 됐다는 한 친구에게 나는 불쑥 '슛' 이야기를 꺼냈다. 도움 되는 이야기 좀 해달라며 술까지 사겠다고 나온 친구는 이게 웬 뚱딴지 같은 소리인가 싶은 표정을 지었다. "힘을 빼는 거야. '슬램덩크'에도 나오잖아. 왼손은 거들 뿐이라고." 나는 방송도 마찬가지라는 이야기를 친구에게 해줬다. 힘을 빼는 방송이라, 나도 못하는 거지만.

어쩌다 방송을 종종 하게 됐지만 나는 여전히 방송이 익숙하지도 편안하지도 않다. 처음에는 뉴스 같은 데 붙이는 짧은 인터뷰 영상인 이른바 '코멘트 따는' 방송이 시작이었다. 카메라 앞에서 무슨 말을 한다는 게 너무나 어색했다. 특히 카메라를 보고 말을 할 때면 자연스럽지가 않아 자주 멍해지곤 했다. 때론 카페나 길거리에서 인터뷰를 따기도 했는데 다른 사람들의 시선이 느껴질 때마다 버벅이는 자신을 발견하곤 했다. 하지만 계속 코멘트 인터뷰를 하게 되면서 익숙해졌고 그러면서 뻔뻔해졌다. 인터뷰라는 게 결국 질문에 답변을 하는 거 아닌가. 나는 방송을 찍는 게 아니라 그저 묻는 말에 답하는 거라 생각했다. 그러니 조금 편안해질 수 있었다.

하지만 코멘트 인터뷰 정도가 아니라, 아예 방송을 찍어야 되는 상황이 생기자 다시 모든 게 불편해졌다. 스튜디오라는 공간이 그랬다. 그 인위적으로 만들어진 공간에 서 있는 것 자체가 낯설었다. 카메라가 한두 대도 아니고 여러 대가 나를 향해 있으니 더더욱 부자연스러웠다. 연예인들이 놀라웠다. 어쩌면 저렇게 제 집처럼 자연스럽게 하지? 한 번은 영광스럽게도 「무한도전」에 나간 적이 있는데, 버벅이는 나와는 달리 척척 방송을 진행하는 유재석을 보고 감탄했던 기억이 있다. 여러 명이 스튜디오에 서 있었지만 마치 하늘에서 내려다보는 사람처럼 그는 '토크 배분'을 척척 했다. 마치 세터가 공을 딱 맞게 배분하듯이. '유느님'이라는 말이 허명이 아니었다.

"불편한 건 너무 의식해서야. 의식하면 힘이 들어가고. 그러면 부자연스러워져." 「무한도전」 나갔던 이야기를 무용담처럼 늘어놓자 친구는 "아하" 하며 고개를 끄덕였다. 하지만 그렇게 말하는 나 역시 여전히 방송을 하면 부자연스러워지기 마련이었다. 잔뜩 힘이 들어가 흥분 상태가 되거나 혹은 무슨 이야기를 지껄이고 있는지도 모를 정도로 패닉이 되는 경우도 있었다. 녹화 방송일 때면 여지없이 "잠깐만요. 다시 가실게요"라는 사인이 날아들곤 했다.

"골프랑 똑같구나. 골프도 어깨에 힘이 들어가면 잘 안쳐지거든." 친구는 한창 골프에 빠져 있는 모양이었다. 나는 골프는 잘 모르지만 마찬가지일 것 같다는 생각이 들었다. "근데 힘 빼는 게 어디 쉽냐? 몇 년을 계속 쳐야 겨우 될까 말까 한 일이지." 그 말이 맞았다. 골프든 뭐든 처음부터 자연스러운 게 어디 있나. 자전거를 타는 일이나, 운동을 배우는 일이나, 방송을 하는 일이나 다를 바가 없었다. 인간관계라고 다를까. 처음 만나 불편했던 사람이 편해지기까지 우리는 꽤 많은 시간을 공들이지 않던가.

"호흡이 가장 편안한 상태는 내가 숨 쉬고 있다는 것을 잊고 있을 때다."「사랑한다고 말해줘」에서 스튜어디스를 그만두고 연기를 시작한 정모은이 어느 날 빵꾸 난 배역의 연극에 서게 됐을 때 나온 그 대사가 딱 맞았다. 숨 쉬는 걸 잊고 있을 정도로 편안해진 상황만이 자연스러움을 만드는 법이다. 그게 연기든, 방송이든, 운동이든 혹은 인간관계든. 그러고 보니 이 앞에 앉아 술을 따라주며 이런저런 시시콜콜한 이야기까지 마음대로 꺼내놓는 이 친구가 소중하게 느껴졌다. 왼손은 거들 뿐. 별로 힘도 들이지도 않고 툭툭 던져대는 말들이 족족 우리 마음의 바스켓 속으로 쏙쏙 들어왔다.

드라마가 아닌
삶이 어디 있을까요

드라마를 보다 보면 사람이 보입니다. 쓸쓸한 퇴근길에 어깨를 늘어뜨리고 걸어가던 「나의 아저씨」의 동훈이 짊어진 삶의 무게가 보이고, 뿌리 뽑힌 채 떠돌다 어느 따뜻한 양지에 뿌리를 내려 드디어 활짝 피어난 「동백꽃 필 무렵」의 동백이가 맞이한 삶의 기쁨이 보입니다. 봄날의 햇살 같은 따뜻한 존재들의 고마움을 알아주는 우영우가 보이고, 자기만의 해방을 꿈꾸는 미정이가 보이며, 각박한 삶에 숨이 턱 끝까지 차올라 이제는 벗어나 한숨을 내쉬고픈 삼달이가 보입니다.

그들을 보다 보면 꼭 안아주고 싶어집니다. 어느 길거리 모퉁이에서, 어느 식당에서, 때론 여행지의 낯선 길목에서 지나쳤을 그들이 내 삶과 연결된 누군가로 여겨지고 그래서 그들이 기쁠 때 같이 웃고 슬플 때 같이 우는 자신을 발견합니다. 그들은 꼭 나 같습니다. 나의 쓸쓸함 같고 내가 짊어진 삶의 무게 같으며 나의 기쁨 같고 나의 고마움과 나의 해방과 나의 갑갑함 같습니다. 안아주고 싶은 건 어쩌면 나 자신일지도 모릅니다. 드라마가 때론 지친 내 어깨를 토닥이는 것 같은 느낌을 주는 건 그래서가 아닐까요.

쓸 때는 몰랐는데 다 써놓고 읽어보니 미안해집니다. 글이 너무나 사적인 이야기들로 채워져 있다고 생각돼서입니다. 글은 드라마의 어느 대사 한 구절을 들으며 느꼈던 어떤 감정들이, 내가 삶에서 경험한 어떤 일들에 의해 촉발되고 연결되어 있었던가를 고백하는 시간들로 채워져 있었습니다. 드라마 속 대사들이 마중물이 되어 어린 시절 만났던 누군가를 떠올리게 했고, 소중한지도 모른 채 지나쳤던 내 주변의 많은 이들을 다시금 돌아보게 했습니다. 상처를 줬던 이들도 있었지만 그들조차 지나고 생각해 보면 내 삶의 중요한 자양분이 되어줬던 고마운 분들이었습니다.

그래서였을까요. 글을 쓰면서 만나는 사람들이 각별해졌습니다. 그들은 내가 살아가며 써 가고 있는 삶의 드라마 속 인물들처럼 나를 채워주는 사람들이었습니다. 그저 가만히 바라봐 주는 사람도 있고, 먼 거리에서나마 응원의 메시지를 던지는 사람도 있으며, 때론 게으른 내 마음을 툭툭 쳐서 부지런히 일으켜 세워주는 사람도 있고, 때론 상심의 아픔을 줘 마음과 마음이 어떻게 엇갈릴 수 있는가를 생생하게 느끼게 해주는 사람도 있었습니다. 그들은 모두 내 삶의 드라마를 눈부시게 만들어 준 장본인들이었습니다.

특히 영광스럽게도 이 책에 도움을 주신 드라마 작가분들에게 감사의 마음을 전하고 싶습니다. 「눈이 부시게」의 눈부신 대사 한 대목을 제목으로 허락해 주시고 추천사까지 써주신 이남규 작가님, 선선히 졸고에 추천사를 기꺼이 써주신 김은숙 작가님, 이우정 작가님, 박해영 작가님, 임상춘 작가님, 박지은 작가님. 그 밖에도 책을 쓴다고 하자 저마다 든든한 응원의 말들을 전해주신 작가님들, 감독님들 모두에게 진심으로 감사드립니다. 여러분들의 눈부신 드라마들과 주옥같은 대사들이 아니었다면 이 글들은 결코 나오지 못했을 겁니다. 보내주신 응원만큼 저도 늘 응원의 마음으로 살아가겠습니다. 또 따뜻한 햇볕으로 외투를 스스로 벗게 해준 햇살처럼, 단단한 저의 껍질을 벗을 수 있는 기회를 주고 그걸 책으로 예쁘게 묶어주신 페이지2북스의 서선행 이사님과 김선준 대표님께도 감사의 마음을 전합니다.

드라마가 아닌 삶이 어디 있을까요. 삶 하나하나가 저마다의 눈부신 드라마들입니다. '어느 하루, 눈부시지 않은 날이 없었습니다'라고 한 「눈이 부시게」의 대사처럼, 한참을 지난 어느 날 돌아보면 누구나의 삶은 눈부신 한 편의 드라마가 아닐 수 없습니다. 이 책은 그래서 내가 사랑한 드라마들이 촉발시킨, 나의 지극히 사적이고 소소한 드라마들로 채워져 있지만 내가 경험한 것처럼 여러

분들 역시 자신이 써 나가고 있는 드라마를 발견하고 떠올릴 수 있다면 더할 나위 없을 것 같습니다.

여러분이 얼마나 소중한 존재들이고, 그 삶을 지탱해 주는 고마운 존재들이 여러분 곁에 얼마나 많은가를 알아봐 주기를, 또 그들이 있어 어느 하루 눈부시지 않은 날이 없었다는 것을, 그리하여 모두가 해피엔딩을 찾을 수 있기를 바라고 또 바랍니다.

어느 하루
눈부시지 않은 날이
없었습니다

초판 1쇄 발행 2024년 6월 30일
초판 2쇄 발행 2024년 7월 26일

지은이 정덕현
펴낸이 김선준

편집이사 서선행
책임편집 최한솔
편집3팀 오시정, 최구영
마케팅팀 권두리, 이진규, 신동빈
홍보팀 조아란, 장태수, 이은정, 유준상, 권희, 박지훈, 박미정, 이건희
디자인 김세민 **일러스트** 이지미 **표지 사진** 니요
경영관리 송현주, 권송이

펴낸곳 페이지2북스
출판등록 2019년 4월 25일 제 2019-000129호
주소 서울시 영등포구 여의대로 108 파크원타워1, 28층
전화 070)4203-7755 **팩스** 070)4170-4865
홈페이지 page2books@naver.com
종이 월드페이퍼 **인쇄** 더블비 **제본** 책공감

ISBN 979-11-6985-085-8 (03810)